창걸

TSUMIDEMIC

창궐

이지훈 미지 소설집

민경욱 옮김

비채

일러두기

- 모든 주는 옮긴이주입니다.
- 지명, 브랜드명 등 고유명사는 외래어표기법을 기준으로 하되,
  굳어진 외래어는 관용을 따랐습니다.

차례

날개가 다른 새

시끌벅적한 밤거리에 서면 사후 세계도 이렇지 않을까 어렴풋이 생각한다. 아침에는 그런 생각이 들지 않는다. 회사나 학교 등 사람들의 목적이 너무나 분명해 공상이 끼어들 여지가 없다. 가로등과 네온사인 아래 인파를 거스르다가 치이고 휩쓸리면 자신의 존재가 점점 사라지는 느낌이다. 생면부지의 누군가와 스치고 부딪히고 접촉할 때마다 가다랑어포처럼 깎여 나가 기억도 자아도 산산이 흩어진다. 조금씩 찾아드는 상실에는 고통도 공포도 없다. 문득 정신을 차리면 영혼은 새끼손톱만큼 작아져 있고 그조차도 순식간에 사라진다. 그 끝은 완전한 무無일까. 아니면 환생이라는 제도가 있을까. 유토는 알 도리가 없다. 이런 상상을 할 때는 그나마 즐거웠다. 어떻게 살든 누구나 결국 같은 장소에 도달한다고 생각하면 묵직한 다리로 인파 속에서 목소리 높이는 자신을 위로할 수 있었다.

"식사할 곳 정하셨어요?"

"이자카야 찾으세요?"

"자리 많아요!"

끊임없이 전단을 내밀지만 사람들 눈에는 열 장에 한 장도 잘 닿지 않는다. 주말 오후 8시, 첫 번째 식당을 찾는 손님과 2차를 고민하는 손님으로 번화가는 복닥거렸다. 거리 양쪽으로는 노래방과 술집, 체인 음식점 간판이 불을 켜고 회전하며 번쩍였다. 거기에 주류 무제한이라거나 반값 서비스데이 같은 문구를 손으로 직접 쓴 포스터, 입간판까지 더해진 광경은 멀리서 보면 요란한 색깔의 젤리를 흩뿌려놓은 듯하다. 이런 시끌벅적한 정보를 매일 섭취하다 보면 언젠가 눈이 색깔에 질려 모든 걸 흑백으로 볼 것 같다.

"형님들, 2차 가세요? 조용한 개인실도 있습니다."

"꼬치구이?"

"네, 맛있습니다!"

"아, 나 먹고 싶다. 그런데 걷기는 싫어."

"바로 근처예요. 좌석도 있고 조용하답니다."

"흠, 그럼 가볼까?"

적당히 취한 샐러리맨 네 명을 요령껏 잡아 가게까지 데려갈 수 있었다. 입구 직원에 손님을 인계하고는 저도 모르게 살짝 브이 사인을 그렸다. 2차를 가려는 손님은 알코올에는 거의 저항감이 없는 반면 가격이나 자리에 관해 까다롭게 구는 경우가 많은데 이 네 명은 딱이었다. 네 명이 3천 엔씩 매상을 올려준다고 하면 유토가 받는 돈은 1천 200엔. 5시부터 손님을 받았으므로 지금 시급 400엔은 매우 기쁜 성과가 아닐 수 없다. 허탕만 친 어제와는 천지 차이다.

새로운 감염증이 유행하기 시작해 번화가에도 손님의 발길이 눈에 띄게 줄었다. 박리다매로 손님을 끄는 일반적인 이자카야는 심각한 상황이다. 환영회나 송별회 시즌, 골든위크*에도 한몫 벌기는 어려울 듯하다.

새로운 알바를 찾아야겠어. 요식업 말고…….

미래가 불투명한 게 하루이틀은 아니다. 그러나 작년까지는 생각도 못 한, 미지의 질병이라는 불확실한 요소가 불안에 박차를 가했다. 왜 이렇게 됐지? 무의미한 말을 머릿속으로 수없이 되뇌며 기계적으로 전단을 내밀고 말을 건다.

문득 시선이 느껴졌다. 아무리 소란스러운 곳에서라도 자기 이름이 불리면 알아듣는다는 말을 들은 적 있다. 오가는 사람들 모두 유토를 거추장스러운 장애물이나 돌멩이 정도로 여기는

---

* 매년 4월 말, 5월 초에 있는 장기 연휴.

거리에서 정말 어디선가 의미심장한 눈빛이 날아들었다.

누구지? 슬쩍 주위를 둘러보자 바로 젊은 여자와 눈이 마주쳤다. 젊다고 해도 얼핏 본 인상에 불과하다. ‘이십대려나.’ 마스크 탓에 그 정도로 추측할 뿐이다. 빼곡한 네온 불빛에 고통받은 눈을 더욱 자극하는 금발, 새빨간 트렌치코트, 컴퍼스처럼 뾰족한 하이힐. 아주 공격적인 느낌의 여자였다. 물론 일면식도 없었으니 유토는 바로 고개를 돌렸다. 틀림없이 착각이겠지. 우물쭈물하다가는 “보지 말라고!”라는 호통을 들을 테고 더 재수 없으면 어디선가 호스트 혹은 반사회적 느낌의 험악한 남자가 나타나 위세를 떨 것이 분명하다.

안 봤다고요! 이 사실을 어필하려고 몸을 돌려 호객을 계속했다. 여자가 힐을 또각또각 울리며 다가오는 기척이 나서 큰일 났다고 생각했다. 잠깐 멀리 갈까? 그러나 일하는 중인데…….당황한 사이 여자는 바로 곁에 와 착각하기 힘든 거리에서 유토를 응시한다. 젠장. 왜 이러지?

“아, 안녕하세요…….”

아부라도 하듯 비실비실 웃는 유토에게 여자가 물었다.

“혹시 간사이 사람?”

“네?”

“아까 말할 때 억양이 그래서.”

“응.”

여자의 발음도 정겨운 고향의 억양이어서, 유토는 자연스레 반말로 대답했다.

"나 오사카 사람인데."

"진짜? 나도 그런데."

"시내였어?"

"아, 응."

"어머, 반가워라."

긴 속눈썹을 붙인 눈을 깜빡이며 웃으니 바로 천진난만한 분위기가 난다. 스무 살인 유토와 나이 차이가 그리 나지 않을 것이다.

"나 혼자 가도 괜찮아?"

여자는 유토가 든 전단을 가리키며 말했다.

"응, 완전 괜찮지. 카운터 자리도 있고."

"안내해줄래?"

"물론이지."

외모는 요란하지만 오사카에서 온 지 얼마 안 되어 겁이 많을지도 모르겠다. 유토는 손해될 거 없는 음료수 한 잔 무료 쿠폰을 "이거 써"라며 의기양양하게 내밀었다. 쿠폰을 받아 드는 여자의 손톱은 갸름하고 길었다. 잘 다듬어진 손톱에 반짝이는 라인스톤이 장식되어 있다.

"고마워."

여자는 유토에게 귓속말했다.

"일 언제까지 해?"

심장 박동수가 단숨에 뛰어올랐다.

"……10시."

"의외로 빨리 끝나네."

"오래 있어봤자 막차 시간이면 다 돌아가니까."

그랬다. 거대한 생물처럼 출렁이는 이곳 사람들의 흐름은 밤이면 순식간에 흩어진다. 각자 돌아갈 곳으로 향한다. 북적이던 인파가 썰물처럼 빠지면 유토는 늘 꿈에서 깬 듯 적적한 기분이 들었다.

"음, 그러면 10시 넘어서 이 근처에서 기다려도 돼?"

"아……. 응. 오늘은 괜찮아."

애당초 약속 같은 건 없었으나 일단 허세를 부려봤다.

"그럼 약속한 거다!"

여자는 부드러운 손으로 유토의 등허리를 슬쩍 만졌다.

"다른 데 가서 같이 마시자."

솔직히 반신반의했다. 그냥 놀리려는 걸 수도 있다. 빤한 속내가 고스란히 드러난 한심한 유토의 표정이 지금쯤 SNS에 공개되었을 수도 있다. 그런데 알바를 끝내고 가게 뒷문으로 나오니 정말 여자가 기다리고 있었다.

“수고했어!”

유토를 발견하고 오래 알고 지낸 지인처럼 손을 흔든다.

“성과급으로 받지? 열심히 먹고 마셨어.”

“알아. 5천 엔 이상 결제했더라. 고마워.”

오늘 받은 아르바이트비는 5천 엔이 살짝 안 된다. 나쁜 편은 아니다. 오늘 밤 안에 다 쓰거나 더 쓸지 모르겠지만.

“가자!”

여자가 자연스럽게 팔짱을 꼈다.

“내가 아는 가게로 가도 괜찮아?”

갈취, 미인계 같은 단어가 뇌리를 스쳤다. 여자는 유토의 머릿속을 훤히 들여다보기라도 한 듯 “의심해?”라며 더 몸을 기대왔다. 코트 너머로 느껴지는 부드러운 가슴의 감촉이 다섯 시간 동안 서서 일한 피로감을 단숨에 날려버렸다.

“아르바이트비 뺏을 생각은 없으니까 안심해.”

그 말이 거짓말이어도 상관없다. 도쿄로 나오고, 아니 인생 처음으로 여자가 데이트를 신청한 것이다. 화장이 너무 진하고 깡말랐지만 가슴은 제대로 있고 하룻밤쯤은 쉽게 내어줄 만큼 개방적일 것 같다. 허탕일지 모르지만, 흑심으로 뛰는 가슴을 주체하지 못한 채 여자가 이끄는 대로 작은 바에 들어갔다. 복잡한 골목을 오른쪽으로 왼쪽으로 돌고 돌아 막다른 골목에 있는 가게였다. 혼자 큰길까지 나올 수 있을지 어린애처럼 걱정될 정도였다.

입구가 좁고 내부는 깊은 카운터 바의 가장 안쪽에 자리를 잡았다. 유토는 벽 옷걸이에 재킷을 걸며 물었다.

"도쿄에 온 지 오래됐어?"

"오륙 년쯤. 왜?"

"상당한 상급자 수준이라. 난 아직 이런 가게 와본 적 없어."

"상급자래."

여자는 키득키득 웃으며 버번 소다에 입을 댔다. 마스크를 벗었는데도 화장이 그대로다. 새빨간 립스틱이 유리잔에 조금도 묻지 않아서 마술이라도 보는 기분이었다.

"이름은?"

"오이카와 유토."

"대학생?"

"아니. 이리저리 안 나가다가 1학년 때 중퇴했어."

"에이, 아까워라. 무슨 일 있었어?"

"1지망이 아니었는데 부모님이 재수는 안 된다고 해서."

늦잠을 자 1교시 강의를 놓칠 때마다, 강의가 재미없다고 느낄 때마다, 친구가 안 생겨 학교 식당에서 혼자 밥을 먹을 때마다 내 탓이 아니라고, 정말 오고 싶은 데가 아니어서 그렇다고 자신에게 변명해댔다. 긴 여름방학을 무료하게 지내고 났더니 학교에 나갈 마음도 사라졌고 고향에 내려가 부모의 잔소리를 듣는 것도 귀찮았다. 체력과 시간만 있으면 아르바이트하며 스스로 먹고사는 일쯤은 그리 어렵지 않을 거라고 판단했다. 스무 살 현재까지는.

"너도 이름 알려줘."

"한자 없이 나기사."

"성은?"

"이노우에."

이노우에 나기사. 이름을 속으로 중얼거리다가 생맥주 파인트 잔을 든 손이 그대로 굳고 말았다. 아는 이름이다. 여자의 얼굴을 뚫어져라 봤지만 맨얼굴을 알 수 없을 정도로 화장이 정성스럽게 되어 있어 시선이 튕겨져 나온다.

"왜 그래?"

"아냐. 아무것도 아냐."

그리 특별한 이름도 아니다. 동성동명일 뿐이라고 자신을 설득한다. 무엇보다 이노우에 나기사는…….

"이노우에 씨는……."

"그냥 나기사라고 불러, 유토."

"나기사는 몇 살이야?"

"어머! 그런 거 묻지 마."

애교를 떠는 모습에서 관록이 느껴져 언제나 이런 식으로 남자의 시선을 빼앗아 얼버무리나 싶었다.

"진짜 무슨 일을 해?"

"애인. 돈 받고 만나는."

대놓고 직구를 날리는 통에 유토는 머쓱했다. 카운터 너머의 바텐더는 모든 잡음을 차단한 듯 말간 얼굴로 잔을 닦고 있다. 손님은 두 사람뿐이다.

"파파카쓰*라는 말, 너무 촌스럽지 않아? 애인이 더 멋지잖아. 안심해. 갑자기 무서운 오빠가 들이닥칠 일은 없으니까."

"그런 걱정 안 해."

"거짓말! 아까부터 입구를 계속 훔쳐보고 있거든?"

부끄러워서 맥주를 단숨에 들이켰다. 집에서 마시는 발포주보다 훨씬 맛있다. 나긋하고 부드럽게 삶은 땅콩도 짭짤한 소금 간이 절묘했다. 이런 가게에 주눅 들지 않고 들르는 나기사가 어른스럽다고 생각했다. 동시에 그 '이노우에 나기사'와 전혀 다르다고도 생각했다.

"애인 경력은 얼마나 돼?"

"도쿄에 오면서 바로."

"프로네."

"응. 인구가 많아 온갖 사람이 있더라. 수요나 다양성은 중요하지."

* 젊은 여성이 중년 남성과 만나며 돈을 받는 행위.

빨간 입술을 짓궂게 씩 올렸다.

"위험한 일을 당한 적 없었어?"

"그럭저럭."

많은 것을 말하지 않는 자연스러운 말투가 오히려 무섭다. 유토는 중학교 시절 한때 빠졌던 놀이를 떠올렸다. 아무에게도 말하지 않은 비밀스러운 스트레스 해소법이었는데 시작한 계기도 멀어진 계기도 다 이노우에 나기사였다. 그런 놀이에 심취했던 자체를 잊고 살았다. 계정, 어떻게 했더라? 반쯤 무의식적으로 스마트폰을 만지는 손끝을 나기사가 힐끗 봤다.

"호객하며 고향 사람을 만난 적 있어?"

"없었어. 모르고 지나쳤을지도 모르지. 이렇게 사람이 많으면 만날 확률은 아주 낮겠지."

"그럴까. 난 오사카 출신처럼 보이는 사람들에게 말을 걸고 마는데."

"닥치는 대로?"

"응. 꽤 자주."

나기사가 고개를 끄덕인다.

"왜?"

쓰는 사람이 많은 사투리라 도쿄에서도 드물지는 않다. 오사카 사람은 사투리를 숨기려고도 하지 않는다. 물론 개인적인 생각일 뿐이지만.

“도시 전설 같은 건데, 알아?”

나기사가 갑자기 질문을 던졌다.

“K 역에 있는 ‘건널목 할망구’ 말이야.”

그 말에 등의 솜털이 일제히 곤두섰다. 설마, 이 녀석 뭐지? 누구야, 너? 가볍게 몸을 빼니 “어?”라며 나기사는 신난 듯 오히려 몸을 들이댔다.

“혹시 알아? 아직도 있나?”

“야!”

“응?”

“무슨 속셈이야?”

“뭘?”

“……나, 이노우에 나기사를 알아.”

“아는 사람이야? 와! 대단하다. 정말 우연히 마주쳤네.”

손뼉을 짝짝 치고 고개를 살짝 기울였다.

“어디서 봤었지? 미안해. 나 얼굴이랑 이름을 잘 못 외워.”

“장난치지 마.”

억지로 한껏 목소리를 낮추려 했으나 손가락 끝이 바들바들 떨려 결국은 주먹으로 카운터를 쿵 내리쳤다. 반들반들하고 단단한 나무 탁자는 당연히 꿈쩍도 하지 않았고 바텐더의 표정 역시 전혀 변화가 없었으며 나기사도 미소를 지우지 않았다.

“이노우에는…… 이노우에 나기사는 죽었어. 철로에 뛰어들어서. 네가 말하는 건널목 할망구는 이노우에의 엄마잖아? 화제로 삼아 좋을 게 없어.”

처음부터 알고 내게 말을 걸었나? 아니, 아니야. 그럴 리 없어. 그건 나와 이노우에밖에 모르는 일이야. 혼란과 분노, 정체 모를 공포로 덜덜 떨리는 주먹에 나기사가 살그머니 손을 얹었다. 어두운 조명에 반사된 조그만 라인스톤. 이노우에 나기사는 이렇게 요란한 여자가 아니었다. 중학교 3학년이었으므로 당연하다. 만약 어른이 되었다면 머리를 물들이고 손톱을 장식했을까? 그럴 리 없다. 그러나 열다섯의 유토도 스무 살의 자신이 이런 꼬락서니일 줄 상상도 못 했다.

“있잖아?”

나기사가 달콤한 목소리로 몸을 기대왔다.

“2층에서 차분하게 얘기할래?”

화장실이라고 생각한 문 너머에는 좁고 가파른 계단이 있었다. 계단을 오르니 셋이 앉아도 여유가 있을 만큼 커다란 소파와 테이블이 있었으며 1층보다 훨씬 어두컴컴했다. 소파 뒤쪽 벽에 걸려 있는 네온사인 디스플레이의 새파랗고 구불구불한 필기체를 제대로 해석하지 못하고 있자, 꿰뚫어 본 듯 나기사가 말했다.

“Birds of a feather flock together. 깃털이 같은 새들이 모여든

다. 유유상종이라고 하지."

"응."

유토는 그 정도는 안다는 표정을 지어 보였다. 나기사의 좋은 발음에 가슴이 쿵쾅거렸다. 이노우에 나기사도 영어를 잘했다. 만화처럼 시험 성적이 복도에 나붙지 않더라도 한 학년에 반이 네 개밖에 없는 집단에서는 그런 정보가 자연스럽게 들려온다. 유토는 이노우에 나기사와 같은 반이었던 적이 없어서 제대로 대화한 건 딱 한 번뿐이다.

나기사가 유토에게 물었다.

"우리, 어디서 본 적 있어?"

또 그 소린가 싶어 화가 났다. 나기사는 누가 호통을 치거나 때리려 해도 조금도 겁먹지 않을 사람이라는 확신이 들었다. 인생 경험이랄까, 겪은 역경이 다르다. 시키는 대로 2층에 온 시점에서 유토의 패배가 확정되었을지 모른다. 말수가 없는 바텐더는 투명한 술이 든 작은 술잔을 두 개 가져왔다.

"중3 때 선거 관리 위원회."

유토가 대답했다. 일 년에 한 번 학생회 임원을 뽑을 때만 모이는 위원으로, 일 년 내내 온갖 잡무를 도맡아야 하는 반장보다 훨씬 편했다. 형식적인 투표가 끝나고 선생님의 지시로 유토와 이노우에 나기사가 돌아다니며 선거 포스터를 떼는 일을 우연히 맡았다.

“아아, 그러고 보니, 했다. 선관위.”

나기사가 가볍게 고개를 끄덕였다.

“학원과 수업 기억뿐이라 잊고 있었네. A 중학교였지?”

중학교 이름도 맞았고, 이노우에 나기사는 늘 상위권 성적을 유지했으므로 자연스러운 반응이었다.

“맞다! 1, 2학년 때 반장을 해서 이미 생활기록부에 쓸 학교 활동은 다 채웠다고, 바쁜 3학년 때는 시간을 별로 안 쓰는 위원을 하라고 엄마가 말했어. 너랑 어떤 얘길 했어?”

“……부계정의 #가출소녀.”

유토가 대답했다.

나기사는 작은 술잔을 단숨에 비우고 새빨간 입술을 혀로 날름 핥았다.

“……아아.”

방과 후, 유토는 학교 게시판에 붙은 포스터를 분담해 떼어 교실로 가져왔으나 당황하고 말았다. 위원회 담당 교사에게 포스터를 건네면 임무 완료인데 긴급 교직원 회의가 열려 교무실 문에는 ‘학생 입실 엄금’이라는 팻말이 걸려 있었다. 빨리 집에 가고 싶다. 그렇다고 억지로 돌입할 용기도 없어 이노우에 나기사와 어정쩡하게 떨어진 자리에 우두커니 앉아 있었다. 5월 말, 상당히 긴 해가 기울기 시작해 서쪽 창밖이 서서히 붉게 물들고 있었다.

—언제까지 기다려야 하지?

다른 반 여학생과 가볍게 대화할 성격도 아니었고 이노우에 나기사도 성적 이외에는 두드러지는 게 없는 얌전한 타입이었다. 침묵의 무게에 유토가 먼저 대화의 물꼬를 트자, 이노우에 나기사는 곤란하다는 듯 시선을 떨궜다.

—글쎄……. 6시 넘어서는 동아리 활동이 끝나 다들 열쇠 반납하러 올 거야.

—아직 삼십 분이나 남았잖아.

물론 질책할 마음은 없었다. 그런데 그녀는 미안하다는 듯 어깨를 움츠렸고 유토는 서둘러 비판의 칼날을 선생에게 돌렸다.

—선생님 너무 엉터리로 일하네. 일을 시켜놓고 방치하다니……. 회의라 해봤자 그거겠지, 2반의 사쿠라다가 트위터 부계정을 만들어 다른 애들 험담을 쓴 거 말이야.

—그래? 우리 반? 전혀 몰랐어.

—대여섯 명이 같이 했다더라. 그게 들켜서 2반 지금 엄청 예민해.

—어머…….

다른 나라의 내전 소식이라도 들은 반응이었다. 수재는 학교에서의 사소한 서열 다툼과는 인연이 없겠구나. 담백한 태도가 살짝 멋져 보였다.

―트위터 같은 거, 해?

―아니.

말도 안 된다는 듯 고개를 젓는 반응은 예상했는데 이노우에 나기사는 뜻밖의 말을 꺼냈다.

―그런데 해시태그로 검색은 해.

―어떤?

―'가출소녀'.

―뭐?

―다음은 '재워줄사람'이나.

유토는 당혹했다. 그건 몸을 파는 걸 가리키는 말이잖아. 굳이 그런 걸 찾아서 본다고?

―왜?

조심스럽게 묻는데 "음" 하며 약한 미소가 돌아왔다.

―다들 힘들어 보여서.

너무 한심하고 막연한 이유였다. 왜 그토록 불온한 해시태그여야만 할까. 그러나 따지고 들 사이는 아니었다. 입을 다물었더니 이노우에 나기사는 눈을 내리깔며 말했다.

―미안해. 이상한 말을 해서.

붉은 노을에 물든 탓인지 그 표정은 유토보다 훨씬 어른스러웠고 부드러운 슬픔에 찬 듯 보였다. 먹먹해진다는 감정을 태어나서 처음 맛보았다. 제대로 대화를 나눈 적도 없는데 이노우에 나기사가 어떤 고민을 안고 있다면 도와주고 싶었다. 방과 후 교실에 단둘이 있다는 상황에 들뜬 것일지도 모른다. 그래도 유토는 그때 확실히 그렇게 생각했다.

그러나 "나라도 괜찮으면 이야기를 들어줄게"라는 말을 꺼낼 배짱은 없었다.

―이노우에, 학원 가야 하지 않아? 포스터는 내가 선생님에게 반납할 테니 먼저 가.

―아니, 그래도.

―괜찮아. 너무 늦어지면 돌아가는 길이 위험해.

유토가 할 수 있는 최선의 '남자다운 배려'였다.

―정말 고마워.

이노우에 나기사는 자리에서 일어나 유토에게 다가와 뭔가를 내밀었다.

―이거, 줄게.

―응?

우표 정도 크기의 스티커 사진이었다.

―어? 이 사람, 이노우에 너야?

―응.

이노우에 나기사는 부끄러워하며 고개를 끄덕였다. 번쩍이는 조그만 용지에 얼굴을 딱 붙인 두 소녀가 찍혀 있는데 둘 다 지나치게 보정해 원래 모습을 알 수 없었다. 턱은 날카롭게 깎여 있고 얼굴에서 튀어나올 정도로 크게 확대한 눈에는 지네를 붙인 듯 긴 속눈썹이 달려 있다. 얼굴 윤곽을 부드럽게 하는 필터를 써서 전체적으로 흐린 느낌이었는데 밑에는 연도와 지난 달 날짜, 그리고 '친구'라는 엉터리 손 글씨가 네온 색깔로 빛나고 있었다.

　—친구와 찍었는데 줄 사람이 없어서…….

　—친구? 캐릭터가 완전 다른데. 우리 학교 학생이야?

　—아니. 그래도 다 털어놓을 수 있는 친구야.

　—그래?

　—버려도 괜찮아.

아무리 그래도 다른 사람이 찍은 사진을 마음대로 처분할 수는 없다. 혼자가 된 뒤 그 스티커를 학생 수첩에 끼워 와이셔츠 가슴 주머니에 넣었다. 굳이 버릴 필요도 없다고 상대 없는 변명을 늘어놓는다. 정신을 차리니 교실은 캄캄했고 서쪽 하늘은 빙수의 딸기 시럽을 녹인 듯 눈이 아프도록 선명한 노을이었다.

그로부터 일주일이 지난 한밤중에 이노우에 나기사가 말한 '#가출소녀'를 검색했다. 공부하다가 지쳐 거실 충전기에 꽂아 놓은 스마트폰을 몰래 방으로 가져왔다. 학원에서 돌아오면 만지지 않는다는 게 부모님과 한 약속이었다. 별생각 없이 '#가출소녀'를 입력하니 수많은 계정이 나왔다.

'부모와 싸웠어' '돈이 1천 엔밖에 없어요' '오늘 밤 잘 데가 없어요'……. 진위가 불분명한 온갖 SOS에 역시 거짓인지 사실인지를 알 수 없는 댓글이 달려 있다. '괜찮아?' '23구 안이라면 차로 데리러 갈게' '내가 얘기 들어줄게'…….

쳇, 유토는 혀를 차고 얼굴을 찌푸리면서도 그 글들에서 눈을 떼지 못했다. 학원 근처 환락가의 눈부신 네온과 그곳을 당당하게 걷는 남자들의 모습이 떠올라 소름 끼쳤다.

열심히 공부해서 좋은 학교, 좋은 대학, 좋은 회사라는 인생의 선로를 순조롭게 걸어 저런 어른이 된다고 생각하니 머리를 막 헝클어뜨리고 싶었다. 고압적인 학원 강사, 특정 여학생을 끈적한 눈으로 보는 교사, 밥도 제대로 못 짓는 주제에 허세를 떠는 아버지의 얼굴이 머리에 떠오른다. 주위의 성인 남성을 경멸하고 나니 혐오감이 치솟는 한편 가슴이 후련해졌다. 이런 녀석들에게 무슨 말을 들어도 무섭지 않다는 마음이 커졌고 성적 고민도 별것 아닌 듯 마음이 가벼워져 오히려 공부가 잘됐다. 유토는 종종 '#가출소녀'를 검색했다. 그때마다 남자들의 빤한 감언에 소름이 돋으면서도 화면 속으로 빠져들었다. 그 안에서 그로테스크하게 번쩍번쩍 빛나는 욕망을 증오하고 비웃으면서도 응시했다.

여름방학이 시작되자 끝내 가출 소녀를 가장한 계정을 만들었다. 일반 개인 계정도 없는데 부계정부터 만드는 자신이 웃겼다. 프로필에는 이노우에 나기사에게 받은 스티커 사진을 썼다. 이게 누군지는 본인만 알 것이고 오히려 이노우에 나기사가 알 아차려주기를 바랐다. 이노우에 나기사가 왜 '#가출소녀'를 검 색하는지 알고 싶다는 마음을, 유토 자신의 이야기를 들려주고 싶었다. 수험이나 장래라는 끝없는 불안을 그녀라면 알아줄 것 같았다. 같은 지점에 공명하고 있으니까.

'Nagisa_senkyo@JC'라는 계정으로 '#가출소녀'를 붙이고 가 짜 고독과 외로움을 호소하니 곧바로 두 줄짜리 메시지가 도착 했다. 모두가 보는 댓글보다 훨씬 저질적이고 속물적이어서 두 려움을 느낀 것도 그때였다. 강가나 해변의 커다란 돌을 뒤집어 그 밑에 꿈틀대는 벌레를 관찰하듯 그것들을 하나씩 찾아 읽었 다. 발기한 성기 사진이나 자위행위 동영상까지 받았을 때는 일 본, 정말 이래도 괜찮나, 하는 대국적인 위기를 느끼기도 했다. 답 없이 읽기만 하고 타임라인에 '얼마 전 메시지로 알게 된 사 람 다정했어!' 같은 미끼를 뿌렸다. 대화할 마음도 없었고 괜히 이야기를 나누다 들통날까 봐 두려웠다. 여름방학 자유 연구 과 제의 자료로 써도 될 만큼 야한 메시지가 대량 모였다. 물론 그 중에는 유토가 하는 것 같은 속임수나 조롱도 포함되어 있었을 것이다.

8월 말, 2학기가 되면 이노우에 나기사에게 말을 걸어보자고 생각했다. 딱히 '#가출소녀'에 관해서가 아니더라도 학원의 여름 특강이나 지망 학교 같은 화제로……. 정말 그럴 수 있는지는 둘째치고 즐거운 상상이었다. 이노우에 나기사의 조심스러운 미소와 살짝 고개를 숙인 옆얼굴을 떠올리며 어떤 타이밍에 어떤 식으로 말을 걸지 스마트폰을 들고 혼자 시뮬레이션했을 뿐인데도 멋대로 표정이 풀어졌다.

그런데 9월 중반, 이노우에 나기사가 허무하게 죽었다. 전교 조회에서는 위로보다 "기자들이 물어봐도 상대하지 말라"라는 지시에 모든 시간이 할애되었다. K 역 근처 건널목에서 철로로 들어가 회송 열차에 뛰어들었다는 사인은 표면적으로는 공개되지 않았으나 순식간에 소문이 되어 소동을 일으켰다. 실은 부계정 사건의 피해자로 비방을 받아 괴로워했다, 아니다, 가해자라 질책을 두려워했다, 성적 고민, 불량한 남자친구의 아이를 가졌다…… 온갖 가십이 생겼다가 사라졌고, 건널목에서 이노우에 나기사의 유령을 봤다는 목격담까지 나와 유토는 내내 '무슨 일이지?'라고 생각했다. 왜 죽었어? 5월 방과 후에 좀 더 깊은 대화를 나누지 않았던 걸 후회했다. '#가출소녀' 트윗을 바라보며 '다들 힘들어 보여서'라고 했던 그녀는 무엇 때문에 괴로워했는지, 본인 입으로 듣고 싶었는데 그럴 수 없다.

깊은 밤, K 역 근처 건널목에 웬 아줌마가 나타난다는 소문이 돈 때는 12월 초였다.

―응? 이노우에가 아니고?

―이노우에도 그 건널목 할망구에게 끌려간 거래.

―거짓말! 너무 무섭다.

사람들 기억에서 사라지고 있던 이노우에 나기사의 죽음이 다시 교내를 들썩이게 했다. 어느 날, 학원을 마치고 집에 가려는데 다른 학교에 다니는 친구가 "그냥 한번 가볼까?"라고 제안해 그 자리에 있던 몇 명이 신이 나서 가기로 했다. 크리스마스도 새해도 겨울 수업 일정으로 꽉 찬 수험 생활의 우울함을 달래려 했을지 모른다. 이노우에 나기사의 얼굴을 안다는 이유만으로 유토도 끌려갔다. 그러고 싶지 않았으나 거절할 용기가 없었다. 편의점 앞에서 고기만두와 컵라면을 먹으며 시간을 보내고 막차 시간이 다 되어 총 네 명이 십오 분쯤 자전거를 타고 건널목으로 향했다. 주위 건물은 학교나 마을 공장뿐이라 역에서 그리 멀지 않은데도 밤에는 가게는커녕 가로등 불빛마저 드문드문 떨어져 있는 외진 지역이었다.

―야, 저거 아냐?

앞서 달리던 친구가 초조한 목소리를 냈다. 어차피 분위기를 띄우려는 농담이리라 생각했던 유토도 건널목을 보자마자 숨을 삼켰다. 완만한 오르막길에 있는 건널목 바로 앞에 여자의 뒷모습이 보였다.

―말도 안 돼. 진짜잖아!

―위험한 거 아냐?

서둘러 브레이크를 잡고 소곤소곤 대화를 나눈다. "잠깐!" 친구 하나가 냉정하게 말했다.

―저거, 살아 있는 사람 아냐?

유토는 유령을 본 적 없다. 그러나 확실히 그 모습에는 살아 있는, 육체와 피를 갖춘 존재감이 있었다. 그런데 어딘가 기이한 기척이 느껴지는 것도 확실했다. 유령은 아닌데 평범한 인간도 아니다.

땡땡땡땡, 경보가 울린다. 노란색과 검은색으로 칠한 바가 천천히 내려오고 경보등의 두 붉은 램프가 어둠 속에서 번갈아 번쩍인다. 위험을 알리는 빨간색. 피의 붉은색.

커브를 돈 전철이 공장 울타리에서 불쑥 나타났다가 덜컹덜컹 귀청이 떨어질 듯한 소리를 내며 사라진다. 강렬한 헤드라이트 빛에 눈이 가늘어졌다. 이런 질량과 속도 앞에 스스로 몸을 던지다니 생각도 하고 싶지 않다. 그런데 걔는, 이노우에 나기사는, 여기서…….

여자는 통과하는 전철 앞에서 제지라도 당한 듯 멈춰 치마와 머리카락을 나부끼고 있었다. 뛰어들지도 누군가를 끌어들이지도 않았고 전철만이 멀어지더니 사라졌다.

그리고 건널목 바가 올라감과 동시에 고개를 돌렸다.

―얘들아.

유토를 포함한 전원이 자전거 핸들을 잡은 채 펄쩍 뛰어올랐다. 동시에 역시 산 사람임을 확신했다. '할망구'라고 부를 나이는 아닌 중년 여성의 얼굴과 목소리였다.

—너희, 늘 여기로 다니니?

얼굴을 마주 봤다. 역시 가장 냉정하고 어른스러운 친구가 조심스럽게 아니라고 대답했다.

—어쩌다 지나가는 중이었어요.

—중학생?

—네.

위험해지면 도망치자고 눈짓하면서 고개를 끄덕인다.

—있잖아. 내 딸이 여기서 죽었어.

유토는 넘기려던 침에 사레가 들었다. 콜록콜록 기침하는 유토를 이노우에 나기사의 어머니는 무표정하게 바라봤다. 한겨울 12월에 코트도 안 입고 블라우스에 카디건만 걸친 상태였다. 발에는 착 붙은 발레리나 신발, 그 옆에는 누가 놓았는지 모를 꽃다발이 시들어 드라이플라워처럼 말라 있었다. 유령이 아닌데도 이 여자에게 다가가면 바로 생기를 빼앗길 듯한 분위기가 있다. 틀림없이 딸이 죽기 전에는 저렇게 푸석푸석한 머리가 아니었을 테고 뺨도 저렇게 핼쑥하지 않고 눈 밑에 검은 기미도 없었을 것이다. 두려운 동시에 가슴이 아팠다.

—그런데 말이야. 딸이 유령이 되어 여기 나타난다는 소리를

들었어.

  ―아…… 네. 그런 소문이 있기는…….

  ―봤니?

  ―아뇨.

  ―그래…….

이노우에 나기사의 어머니는 다시 건널목으로 몸을 돌리고 어깨를 덜덜 떨기 시작했다.

  ―저…… 괜찮으세요?

괜찮지 않다는 걸 다 알면서도 어쩔 수 없이 어린애인지라 더 적절한 말을 찾을 수 없었다. 물론 적절한 말이 있었다고 해도 마찬가지였겠지. "너무 죄송해요"라고 쥐어짜낸 듯한 목소리가 들렸다.

  ―사람들을 무섭게 하고 민폐를 끼칠까 봐……. 정말 나타나면 내가 단단히 일러줘야…….

더는 아무도 말을 꺼낼 수 없었다. 자전거 페달을 밟아 왔던 길을 돌아갔다. 어색함에 짓눌려버릴 듯한 마음으로 모두 침묵을 지키며 돌아오는 길은 바람이 아주 매서웠다.

지직, 아까부터 이상한 소리가 난다. 조그만 태엽을 감거나 벌레가 날갯짓하는 듯한 소리다. 아직 맥주 한 잔밖에 안 마셨는데 취했나. 두리번두리번 소리가 나는 곳을 찾고 있는데 나기사가 등 뒤 벽을 가리키며 말했다.

"혹시 이거? 네온관이 방전되는 소리야."

"아아……."

"요즘은 다 LED인데. 안 마셔?"

술이 아니라 찬물을 마시고 싶었으나 고집스럽게 샷 글라스를 들어 단숨에 넘겼다. 강한 테킬라가 목구멍을 뜨겁게 달궜다. 어질어질하다.

"진짜."

내뱉은 목소리가 꼴사납게 갈라졌다.

"너 누구야?"

"이노우에 나기사라고 했잖아."

"그럴 리 없어."

이노우에 나기사는 분명히 죽었다. 2반 애들은 문상까지 가서 참배도 했다. 꿈도 망상도 날조된 기억도 아닌 게…… 분명하다.

"응. 사진을 줬었지? 기억났다. 후후."

나기사는 힐을 신은 채 소파 위에서 무릎을 안고 웃는다.

"이름도 기억 못 할 애한테 왜 줬을까? 방과 후 교실에서 잠깐 친근감이 생겨서 그랬을까. 유토, 우리 엄마 봤어?"

"봤어."

"기적이네! 도쿄 한복판에서 이렇게 만나다니."

나기사의 천진난만하게 들뜬 모습에 살짝 소름이 돋는다. '산 사람이 더 무섭다'라는 말이 머리에 떠오른다. 그 말이 맞을 수도 있겠다.

"엄마, 무서웠어? 정신이 이상해 보였어?"

"적당히 해라."

최대한 분노를 담아 말을 막고 나섰다.

"아줌마는 이노우에가 괴물이 되어 나타난다는 이야기를 듣고 추운 데 서 있었어. 다른 사람을 놀라게 해 폐를 끼치면 안 된다고. 그것도 모르고 못된 말 좀 하지 마."

그 순간 나기사의 웃는 얼굴에서 생기가 사라졌으나 여전히 미소는 짓고 있었다. 인간이 갑자기 인형이 된 듯한 불가사의함에 또 소름이 돋았다. 오늘 밤 이런 게 몇 번째인지 모르겠다.

"1점에 한 시간."

나기사가 말했다.

"응?"

"시험 때, 100점에서 1점씩 내려갈 때마다 한 시간씩 설교했어. 98점이면 두 시간, 95점이면 다섯 시간이야. 목욕탕에서 발가벗고 무릎을 꿇은 채. 졸려서 고개라도 떨군 날에는 한겨울에도 찬물 샤워를 당했어. 공부도 예절도 다 감점 방식이었지. 마이너스만큼 벌을 받았어. 엄마는 그런 사람이야."

지직, 네온관이 가늘게 신음한다.

“아니, 그래도.”

유토는 반론을 시도했다.

“철로에…….”

“그건 딸이 망신시켜서 화가 났던 거야. 애써 상처나 멍이 남지 않도록 신경 썼는데, 고상한 엄마인 척하려고 얼마나 노력했는데 그렇게 죽어버려서, 주위에 소문나고 심령 스폿이 되어서 부끄럽고 화가 난 거야. 유령이 된 딸이라도 무릎 꿇려 지배하려고. 엄마라면 충분히 그렇게 생각했겠지.”

‘내가 단단히 일러줘야.’ 이노우에 나기사의 어머니는 분명히 그렇게 말했다. 그 발밑에 방치되어 있던 시든 꽃다발. 만약 딸의 영혼을 진심으로 걱정했다면 그런 쓸쓸한 꽃을 그대로 뒀을까. 새로 꽃을 놓거나 적어도 치우기라도 했겠지.

“아빠는 늘 완전히 무시했어. 자기 방에서 헤드폰을 쓰고 축구만 봤다니까. 엄마의 호통 틈틈이 ‘아, 대박!’ 혹은 ‘말도 안 돼’라는 소리를 들었어. 우리 집은 그런 집이야.”

—다들 힘들어 보여서.

그날 이노우에 나기사가 한 말이 귓가에 생생하게 재생된다.

“해시태그로 집에 있고 싶지 않은 여자애들을 찾았어. 처음에는 나만 그런가, 나도 이렇게 하면 되나 생각했어. 그런데 그런 애들 가운데는 정말 죽고 싶어하는 애들도 많더라. 그래서 생각했어. 나 대신 죽어줄 애는 없을까.”

"왜 그런 생각을 해?"

"그야 부모를 고통스럽게 하고 싶으니까."

나기사는 발랄하게 대답했다.

"생각해봐? 죽으면 아무것도 할 수 없잖아. 그런 한심한 인간을 죽여 여러 해 갇히는 것도 싫어. 유령이라도 돼서 저주나 하려고 했는데 그것도 너무 도박이더라. 그래서 트위터에서 친구를 사귀었어. 여러 애들과 메시지를 나누며……. 일 년쯤 지나 이상적인 애를 찾아냈어. 오늘 너와 만난 일처럼 기적이었지."

손톱이 긴 손가락을 접으며 '기적'을 열거한다.

"비슷한 체형에 나이는 가능하면 열여덟 이상, 실종되어도 부모나 경찰이 제대로 안 찾을 환경에 있어야 하고 만날 수 있는 거리에 살면서 자해 흔적도 없고……."

다섯 개의 손가락을 다 접고 나서 손을 쫙 펼쳤다.

"……이노우에 나기사로 죽어줄 애!"

"말도 안 돼."

유토가 말했다.

"그런 사람을 찾을 수는 없어. 찾는다 해도 금방 들통나."

"왜?"

유토의 부정을 오히려 즐기는 듯했다.

"진짜 친구라니까? 무슨 말이든 다 털어놓을 수 있는 똑같은 깃털을 지닌 비슷한 사람이야. 걔는 죽고 싶고 난 더 살고 싶다는 차이밖에 없어. 내가 선택한 도박은 얼굴을 제대로 뭉갤 수 있느냐였지. 뭐, 다소 원형이 남아 있어도 부모에게는 안 보여 줄 테지만.”

나기사는 안고 있던 다리를 내렸다. 상반신을 틀어 소파 등받이에 팔꿈치를 대고 유토를 도전적으로 바라봤다.

“이노우에 나기사의 옷을 입고 이노우에 나기사의 소지품을 지닌 사체가 굴러다니고 있으면 그게 이노우에 나기사 아닌가? 선로 옆에 놓여 있던 가방에는 유서도 있었다고. ‘이상적인 딸이 될 수 없어서 전철에 뛰어들어 죽습니다’라고 적혀 있지. 지금까지 당한 일을 날짜별로 적은 일기와 함께. 의심의 여지가 하나도 없잖아? 경찰이 굳이 DNA 감정을 하거나 지운 스마트폰 기록을 복원할 것 같아?”

유토는 메마른 혀를 간신히 움직여 묻는다.

“그래서?”

“그래서, 라니?”

“스스로 죽고 호적도 없어졌는데 어떻게 살았어?”

“말했잖아. 애인이었다고.”

나기사는 어이없다는 표정으로 말했다.

“네온이 번쩍이는 곳에서 남자를 찾기만 하면 돼. 경찰의 보호관찰 대상이 될 수도 있고 변태에게 이상한 일을 당할 위험도 있지만, 전철에 치이는 일보다 무섭지는 않아. 도쿄에는 정말 사람이 많아서 의외로 어떻게 살든 괜찮더라."

지직, 지지직. 날갯소리가 멈추지 않는다. 유토는 네온관이 파열되거나 누가 감전되지는 않을지 불안해졌다. 회색 컬러 렌즈를 낀 나기사의 눈에 새파란 네온 빛이 반사되고 있다. 어지럽다. 귀가 울린다. 머리가 아프다. 오한이 나고 관자놀이를 타고 땀이 뚝 떨어진다.

"낯빛이 안 좋아."

차가운 손에 밀려 소파에 똑바로 누웠다. 빨간 입술이 떨어진다. 혀도 차가웠다.

"술에 뭘 넣었어?"

"무슨 소리야?"

경동맥을 확인하듯 손가락이 목덜미를 더듬으며 미소 짓는다. 유토는 알고 있다. 아니, 아무것도 모른다. 열다섯 살의 이노우에 나기사의 모습은 전혀 없다. 해가 지고 있던 방과 후의 교실, 커튼이 만든 일그러진 그림자, 끝이 살짝 말린 선거 포스터, 이노우에 나기사가 준 스티커 사진.

"……거짓말이지?"

제대로 힘이 들어가지 않는 손으로 나가시의 손목을 잡는다.

"아직도 이러네."

"그 사진의 '친구', 엄청나게 요란하게 머리카락을 염색했던 애. 개가 검은 머리카락의 이노우에로 바뀌는 건 불가능해. 다시 기를 시간도 없었고 그런 금발을 억지로 검게 염색해도 부자연스러워."

올려다본 나기사의 표정은 어두워 잘 보이지 않는다.

"너, 혹시 '친구' 쪽이 아닐까?"

무슨 말이나 다 털어놓을 수 있는, 이노우에 나기사를 전부 다 아는 유일한 사람.

"그럴지도."

나기사는 평온한 목소리로 대답했다.

"어느 쪽이든 상관없지 않아? 오른쪽 날개냐 왼쪽 날개냐는 이야기지."

유토의 가슴에 얼굴을 묻고 뺨을 문지르며 말한다.

"따뜻하네. 난 말이야, 나기사가 살아 있다고 알리고 싶어. 나기사는 다른 사람이 되어 도쿄에서 태평하게 산다……. 그런 소문이 퍼질수록 나기사는 강한 존재가 되겠지. 도시 전설의 요괴처럼 말이야. 소문이 돌고 돌아 언젠가 건널목 할망구에게까지 들리겠지? 제일 사람을 괴롭힐 수 있는 것도, 두렵게 하는 것도 '잘 모른다'라는 사실이니까. 그래서 오사카 사람처럼 보이면 말을 걸어 이 얘기를 들려준다니까. 유토도 꼭 퍼뜨려줘."

유토는 그 후 자신이 뭐라고 대답했는지 기억하지 못한다. 두 사람의 거친 호흡과 멈추지 않는 귀울림 사이에 네온이 지직 울어댔다.

―긴급 사태*라는 게 떨어질지도 몰라.

나기사는 그런 말을 했다.

―만약 시작되면 유토는 어떻게 할 거야?

―어떻게 하다니⋯⋯. 집에 있는 수밖에 없지.

―그건 너무 아깝잖아. 난 말이야, 그런 일이 생기면 이 거리를 한밤중에 전력 질주할 거야. 네온이 꺼져 시커멓게 죽은 밤거리를 100미터 달리기 선수처럼 막 달릴 거야.

정말 기대돼. 나기사의 목소리가 소녀처럼 상쾌했다.

눈을 떴을 때 난데없이 1층 카운터에 엎드려 있었다.

"좋은 아침이에요. 이제 폐점 시간이라."

바텐더가 무뚝뚝하게 말했다. 유토가 벌떡 몸을 일으키니 가게 안에는 아무도 없었고 벽에 자기 재킷만 걸려 있었다.

"저기요."

"네."

"저랑 함께 온 여자는?"

"아뇨, 처음부터 손님 혼자 오셨는데요."

"네?"

"맥주 한 잔 드시더니 바로 쓰러지셨어요."

---

* 코로나바이러스의 급속 확산을 저지하기 위한 총리대신의 긴급 조치 선언.

그럴 리가 있나. 2층으로 이어지는 문을 바라보니 'STAFF ONLY'라는 푯말이 달려 있다. 도저히 이해할 수 없었으나 이 바텐더에게 따져봤자 아무 말도 안 할 것 같아 맥줏값을 치르고 가게를 나왔다. 온몸이 뻣뻣하고 뻐근하다. 미로 같은 골목을 돌아서 왔다고 생각했는데 너무 쉽게 대로가 나왔다. 이쯤 되자 유토는 자기 뇌가 이상한 건 아닌가 싶었다. 여우에 홀린다는 게 바로 이런 상황이구나. 스마트폰을 꺼내 트위터를 열었다. 중학교 3학년 이후 방치한 계정에 들어간다. 아이디와 패스워드도 잊지 않았다.

오 년 전 타임라인 그대로였다. 시간 속에 방치되어 시든 채 이렇게 고스란히 남겨진 글들이 이 세상에 얼마나 될까. 메시지가 '99+'라고 표기되어 있다. 원조 교제나 선동, 스팸 메시지로 가득하리라고 예상하며 들어가보니 제일 위에 표시된 프로필이 낯익다.

이노우에 나기사와 함께 찍혀 있던 이름도 모르는 '친구'의 얼굴. 유토의 프로필과 대칭인 스티커 사진의 나머지 반. 계정 이름은 '네온', 보낸 날짜는 어제.

'잘 지내.'

그것뿐이었다. 유토는 계정을 삭제하고 해가 떠오르기 직전의 검푸른 하늘을 올려다보며 이를 악문다. 그 여자가 이노우에 나기사일지, '친구'일지, 아니면 둘 다 아닐지, 유토가 그 정체를 알 날은 오지 않을 것이다. 잠시 스친 다른 깃털의 새이므로.

확실한 건 오 년 전, 한 소녀가 죽었다는 사실이다. SOS 신호를 보내지도 비명을 지르지도 않고 참혹한 방법밖에 선택할 수 없었던 그 소녀는 이 세상에서 사라졌다. 그 안타까움이 미래의 불안 못지않은 무게로 가슴을 짓눌러 아팠다.

쓰레기와 토사물이 흩어져 있고 까마귀가 이리저리 돌아다니는 거리에는 이십사 시간 영업하는 가게 간판이 끈질기게 불을 켜고 있다. 유토는 생각한다. 이 네온들이 남김없이 꺼지는 날도 머지않았겠지. 정적 속에서 유난히 크게 힐 소리를 울리며 캄캄하고 인적 없는 거리 한복판을 내달리는 나기사를 보고 싶다. 틀림없이 그대로 날아오를 듯한 속도일 것이다.

로맨스
☆

바로 앞 모퉁이에서 사람 그림자가 훅 튀어나와 유리는 반사적으로 사유미의 손을 꼭 잡았다. 튀어나온 건 남자아이였다. 아마도 이제 막 달리는 법을 배운 듯 체구에 어울리지 않는 에너지를 뿜어내고 있다. 어설픈 발걸음으로 질주하고 싶었을 테지만 등에 멘 책가방과 이어진 끈이 그 움직임을 무자비하게 막았다.

"애!"

어머니로 보이는 여성이 끈을 잡아당기고 있었다. 몸이 뒤로 젖혀진 상태조차 재미있는 듯 아이는 한껏 신이 나 있다. 놀랐다. 자동차가 많이 다니는 길이라 무방비한 아이를 보고 흠칫 놀랐는데 줄이 있었구나. 다행이다.

"엄마, 아파!"

"미안, 미안해."

유리는 힘을 풀었으나 손을 놓지는 않았다. 아직 방심할 나이가 아니다.

"사유미, 길을 건널 때는 좌우를 확인해야 해. 갑자기 튀어나오면 안 되고 건널목이 없는 데도 건너면 안 돼."

"안다고."

어른스럽게 한숨까지 내쉬는 네 살짜리 딸이 얄미우면서도 사랑스럽다. 손을 단단히 붙잡고 공원에서 가지고 놀 장난감과 보온병이 든 무거운 가방을 다시 둘러멨다. 아까 본 아이 가방, 귀엽던데. 근처 나들이용 배낭 사고 싶다. 양손이 자유로우면 편할 텐데……. 유다이에게 말해봤자 "그런 거 필요 없어"라는 말로 끝내겠지. 안 그래도 요즘 영 기분이 안 좋은데.

"엄마, 자전거 와."

저도 모르게 고개를 숙이고 걷다가 사유리의 지적에 현실로 돌아온다.

"어디?"

황급히 고개를 들어보니 자전거 한 대가 이쪽으로 달려오고 있다. 앞에 바구니가 안 달린 스포츠 타입에 바퀴가 얇은 자전거다. 상쾌하다는 말이 어울리는 속도로 순식간에 옆을 스쳐 지나가 유리의 머리카락이 살짝 나부꼈다.

불과 몇 초 사이에 일어난 일인데도 유리는 자전거 탄 사람의 얼굴을 분명히 보았다. 검은 단발, 붓으로 그려놓은 듯한 부드러운 눈썹, 커다란 눈동자와 짙은 속눈썹, 가늘고 오똑한 코, 주행을 즐기듯 살짝 벌어진 입술. 아름다운 이목구비였다. 지금까지 텔레비전이나 잡지, 인터넷에서 본 남자들보다 훨씬 잘생겼다. 진짜로. 꿈을 꾸는 듯 현실과 동떨어진 외모였다.

바로 돌아봤으나 남자의 뒷모습은 순식간에 멀어져 작아진다. 남자가 짊어진 네모난 배낭과 '미츠 델리'라는 빨간 로고만 간신히 알아볼 수 있었다.

"오늘 정말 오랜만에 봤어. 미아 방지끈."

"그게 뭐야?"

유다이는 스마트폰에서 고개도 들지 않고 대답했다. 식사할 때는 스마트폰을 보지 않는다는 가족 규칙은 지난 일 년 사이 무효가 되고 말았다. 주의를 준 적 있는데 "너무 피곤하니까 집에서라도 좀 마음대로 하게 해줘라!"라며 화를 냈다. 자고 있던 아유미가 놀라 깰 정도로 큰 목소리여서 "아빠, 무서워!"라며 울며 보채는 애를 달래느라 고생했다. 세상이 차분해지면 상황도 좋아져 남편도 여유를 되찾겠지. 그렇게 지켜보다가 시간만 흘러 규칙을 부활시킬 타이밍을 놓치고 말았다. '터널 끝에 빛이 보인다'라는 정부 관계자의 태평한 소리에 일일이 화를 낼 기운조차 없다.

"있잖아. 조그만 애를 묶는 끈 말이야. 한때 방송에서 찬성파와 반대파가 나눠 엄청나게 시끄러웠잖아. 그게 팬데믹 전이었나. 평화로웠네."

"아아, 그 강아지 산책 줄 같은 거?"

유다이가 잔에 따른 발포주를 마시며 "그건 아니지"라며 얼굴을 찌푸린다. 그때도 똑같은 반응이어서 사고 싶다는 말을 꺼내지 못했다.

"그래도 그 심정은 알겠어. 아이들은 일단 걷기 시작하면 위험할 때가 정말 많아."

"부모가 손만 제대로 잡으면 되지."

"잠시 정신을 판 사이에 손을 놓친다니까. 게다가 키 차이가 있어서 체력이 많이 들어. 허리가 아프다고. 참, 우리 친척 중에 아들 한쪽 다리가 살짝 불편한 사람이 있었어. 그 사람 부모는 수십 년 동안 아들을 부축하고 다니는 바람에 몸의 오른쪽에만 체중이 실려 뼈가 눌려 좌우 다리 길이가 달라졌대. 엄청나지 않아?"

"아이는 금방 커."

대놓고 비웃어 화가 났다. 사람 몸이라는 거 굉장하구나, 그런 감상을 듣고 싶었다. 아이와 손을 잡아 골격에 이상이 생긴다고 주장한 게 아니다. 요즘 남편과는 편안한 수다조차 나누기 힘들다. 좁은 집 안에서 신경 예민하게 굴어봤자 소모적일 뿐이라는 생각에 최대한 평화로운 화제를 끌어내려고 조심했는데, 그럴수록 아내 혼자 태평하게 지낸다고 착각하는 듯하다. 유리는 반론을 포기하고 설거지하기 시작했다. 켜놓은 텔레비전에서 가벼운 노래가 흘러나온다. 물론 식사중에는 시청 금지라는 규칙도 깨졌다.

유 투, 미 투, 미츠 델리…….

'미 투'와 '미츠'를 대비한 경쾌한 가사와 '배달하는 건 음식이 아니라 행복한 만남입니다'라는 광고 문구. 거리두기 상황에서 급격히 보급된 음식 배달 서비스 광고가 낮의 기억을 환기한다. 그 남자, 지금 생각해도 일반인이라고 생각할 수 없을 정도의 미남이었다. 수려한 이목구비라는 말이 전혀 지나치지 않았다. 광고 촬영중이었나? 그러나 카메라 같은 건 보이지 않았는데. 게다가 대기업이 일반 도로를 이용하는 거라면 미리 통제했을 텐데. 아니면 게릴라 광고 같은 건가? 그런 일이 가능할까?

"그래서 말이야."

남편의 낮은 목소리에 스펀지를 쥔 손이 멈췄다.

"일, 구했어?"

또 저 소리다.

"아니."

유리는 짧게 대답했다.

"유치원이 문을 안 열어. 사유미를 계속 내가 봐야 한다고."

"모레부터 다시 시작하잖아. 구인 정보 정도는 스마트폰으로도 볼 수 있어. 진지하게 찾아봤어? 그래도 영어를 하는데 일이 많지 않을까?"

사실 출산 전까지는 영문 사무 일을 했지만 영어 읽기 쓰기를 능숙하게 하는 사람은 내다 버릴 만큼 많다. 이런 사실을 유다이에게 말하면 "잘난 척하지 마"라며 빈정대는 표정을 짓고 말지만.

"재개한다고 해도 언제 또 문을 닫을지 몰라. 선생님이 감염되어 아이까지 옮을지도 모르고 맡길 만한 보육 환경이라는 게 예상이 가질 않아. 무엇보다……."

유리의 주장은 맥주잔 거칠게 내려놓는 소리에 가로막혔다.

"주부는 안 되는 이유만 늘어놓으면 되니까 참 좋겠네. 난 목욕해야겠다."

유다이가 자리에서 일어선다.

"나 목욕 끝날 때까지는 설거지 중단해. 샤워할 때 물이 약해지면 짜증 나니까."

접시를 내동댕이치고 싶을 만큼 화가 났다. 충동을 간신히 참으며 싱크대 위에서 주먹을 쥔다. 남편은 피곤하니까, 지금 힘드니까, 손님을 접대하는 일이니까……. 자신을 다독여보지만 도무지 분노가 가라앉질 않는다. 출산과 함께 퇴직했다가 사유미가 초등학교에 올라가면 근처에서 아르바이트를 시작한다는 인생 계획은 전망이 불투명해졌다. 유다이가 일하는 미용실에서는 장기 휴업이 끝났는데도 손님이 돌아오지 않아 경영 상태가 상당히 심각하다.

—더 싼 미용실로 갔을 거야. 염색은 질을 고집하지 않으면 집에서도 할 수 있고.

단골손님이 메신저를 차단했다며 남편은 쓸쓸하게 말했다.

직원과 좌석을 줄이는 대신 영업시간을 늘렸다. 소독에 드는 수고와 경비는 너무 컸고 늘어난 근무 시간은 급료에 반영되지 않았다. 첫 방문 쿠폰을 들고 나타난 손님은 다시 찾아오지 않았다. 그래도 인원 정리 대상이 되지 않은 만큼 남편은 가게가 문을 닫기 전까지는 괜찮을 거라며 애써 참고 노력했다. 고맙기도 했다. 그래도 "일 좀 해. 돈 좀 벌어와"라며 등을 떠미는 건 영 이해가 되지 않았다. 사유미가 유치원에 가 있는 짧은 시간에, 그리고 주말과 공휴일은 반드시 쉬어야 하고 갑작스러운 휴원도 이해해주고 슈퍼나 편의점처럼 불특정 다수와 만나지 않는 일이라니. 그렇게 마음에 쏙 드는 자리가 있을 리 없고 만에 하나 있더라도 자신보다 훨씬 뛰어난 인재가 쇄도할 것이다. 수없이 설명해도 유다이에게는 왠지 핑계나 변명으로 들리는 듯했다.

아직 씻지 못한 접시의 기름때가 살아 있는 생물처럼 천천히

플라스틱 표면을 타고 흘렀다. 그 모습을 바라보고 있는데 사유미의 목소리가 들렸다.

"엄마."

"사유미, 왜? 오줌 마려워?"

"응……."

서둘러 용변을 보게 하려고 화장실로 데려가는데 욕실에서 남편의 콧노래가 들려왔다.

—유 투, 미 투, 미츠 델리…….

"미츠 델리 노래다!"

사유미가 바로 반응한다. 외우기 쉽고 흥얼거리기 쉬운 멜로디가 어린애들에게도 침투됐는지 유치원에서도 노래하는 애들을 자주 봤다.

"아빠, 기분이 좋나 봐. 다행이다."

"그러네. 얼른 씻고 자러 가자."

사유미를 눕히고 톡톡 이불을 두드려 재운다. 딸도 자연스레 아버지의 날카로운 신경을 알아차린 모양이다. 미안한 마음과 함께 남편에 대한 분노가 끓어오른다. 사람을 그렇게 업신여겨 놓고 자기는 욕조에 들어가 기분 좋게 콧노래? 그럴 거면 처음부터 신경질을 부리지 말든가. 저렇게 늘 까칠하니까 미용사이면서 머리가 벗어지는 거 아닌가. 아직 서른둘인데 큰일 아닌가? 속으로 욕을 퍼부으면서 다시 미츠 델리의 배달원을 떠올렸다. 머릿결, 탐스러웠지? 윤기가 자르르 흘렀고, 겨울인데도 윈드브레이커에 사이클 반바지로 가벼운 차림이었다. 발에는 밑창이 두꺼운 운동화. 짧은 해후를 계속 회상할 때마다 남성의 세부적인 부분까지 또렷이 떠오른다. 그러고 보니 짧은 장갑도 끼고 있었다. 왼쪽 귀에만 심플한 귀걸이가 있었고. 몸을 앞으로 기울이고 있었으나 키는 분명 180센티미터 이상이었다. 배달중이었을까, 수거하러 가는 중이었을까. 짊어진 짐의 무게가 거의 느껴지지 않을 정도로 가볍게 달렸다. 달리기 위해 달리는 느낌이 들어 미츠 델리에 품고 있던 '비정규직의 용돈벌이'라는 씁쓸한 인상이 지워졌다. 무엇보다 그 단정한 얼굴. 생각만 해도 가슴속에 상쾌한 바람이 불어온다. 흐렸던 기분이 아주 조금쯤 편안해진 유리는 새근새근 숨소리를 내기 시작한 사유미의 머리를 살살 쓰다듬었다.

다음 날은 정오가 되기 전부터 비가 상당히 많이 내렸다. 슈퍼마켓까지 장 보러 가기를 포기하고 냉장고에 있는 식재료로 때우기로 했다. 사유미에게도 "오늘은 밖에 못 나가"라고 타일렀는데 하필 이런 날일수록 "싫어. 놀러 가자!"라며 생떼를 쓴다. 어쩔 수 없이 그림 도구 세트를 들고 맨션 1층 로비로 향했다. 손님을 맞는 곳이라 당연히 아이들 놀이 공간은 아닌데 너무 요란을 떨지만 않으면 관리인도 묵인해준다. 엄밀히 따지면 외출은 아니나 환경이 바뀐 것만으로도 만족했는지 사유미는 소파에 얌전히 앉아 색칠놀이에 열중하기 시작했다. 아, 다행이다. 스마트폰의 구인 정보를 대충 훑어보고 있는데 입구 자동문이 열리고 옆집 모자가 들어왔다.

"앗, 사유미 어머니네. 안녕하세요!"

"고헤이 어머니, 이제 오세요?"

"맞아요. 애가 우산을 두고 가서 데리러 갔었어요. 아침부터 그렇게 챙기라고 했는데."

"하하하. 그런 날도 있죠."

"가끔이라면 괜찮은데 너무 잦다니까요."

유리는 미소를 지은 채, 머리를 빙빙 돌리며 신경질적으로 손을 뿌리치는 고헤이를 바라본다. 초등학교 4학년이면 이제 엄마에게서 떨어지고 싶어할 나이지. 고헤이의 엄마는 성이 오이시이고 이름은 모른다. 상대도 마찬가지일 것이다. 아이 성별이 다르고 나이 차이도 있어서 '맘 친구'라고 부를 정도는 아니라서 평소라면 이쯤에서 "그럼!"이라고 인사하며 바로 헤어졌을 것이다. 그런데 그날의 유리는 "미츠 델리, 써보신 적 있어요?"라는 질문을 던져 고헤이의 어머니를 불러 세웠다. 어제 본 남자에 대해 누군가와 정보를 공유하고 싶었다. 그토록 잘생겼다면 근처에 이미 소문이 퍼졌을 가능성도 있고 유리보다 훨씬 사교적인 고헤이의 어머니라면 뭔가 알지도 모른다.

"아, 응. 한 달에 한 번이나 두 번쯤? 주말 같은 때. 남편은 늘어져 있는데 나만 평소처럼 집안일을 해야 하는 게 화가 나서."

어느 집 남편이나 큰 차이는 없구나. 묘한 안도감을 느끼면서 "엄청나게 잘생긴 배달원이 있어서요"라고 말하자, 고헤이의 어머니는 "정말?"이라며 눈을 번뜩였다.

"네. 어제 처음으로 봤어요. 잇초메 거리에서. 순식간에 자전거를 타고 지나갔지만."

"에이, 우리 집에는 꼬질꼬질한 젊은 사람만 오는데. 그래서? 그래서?"

"죄송해요. 아는 건 그게 다예요."

예상치 않게 달려드는 바람에 살짝 겁에 질려 이유도 없이 사과하고 말았다.

"깜짝 놀랄 정도로 잘생겨서요. 그냥 아는 사람이 있으면 그 충격을 함께 나누려고 했을 뿐이에요."

"에이, 갑자기 왜 이러실까. 혹시 반했어?"

아이들 앞에서 무슨 소리를 하나. 사유미를 살피니 다행히 색칠놀이에 열중해 대화는 못 들은 듯했다. 의미는 몰라도 어른들의 말을 그대로 기억했다가 말하기도 해서 괜히 유다이 앞에서 말할지도 모른다.

"그럴 리 있겠어요?"

다급한 마음에 부정하는데 상대는 "그래도 되지 뭐"라며 가볍게 웃어넘겼다.

"아이돌을 보며 위로받는 거나 마찬가지지. 사유미 엄마는 미츠 델리 안 써?"

"저희는 남편이 별로 안 좋아해서……."

"아, 사유미 엄마는 요리를 잘할 것 같아. 틀림없이 입맛이 까다로울 거야."

잘할 것 같아? 무슨 근거로? 이런 종류의 공허한 칭찬에 어떻게 대답해야 할지 몰라 자신에게 맘 친구가 안 생기는 걸 수도 있겠다.

"그게 아니라 수수료가 비싸지 않아요? 가정 형편상 좀 어려워요."

"어머, 그야 잘만 쓰면 되지. 잠깐만."

고헤이의 어머니는 빨리 집에 가려고 안달하는 아들을 두고 스마트폰을 꺼내 "자, 봐요!"라며 앱 화면을 보여줬다. '대 감사제'라는 글자가 작은 액정 화면 가득 표시되어 있다.

"지금 첫 주문 1천 500엔 할인 쿠폰이 있어. 게다가 배달비 무료 캠페인도 같이 사용할 수 있고! 매일 가게마다 내놓는 할인 쿠폰도 있어서 잘만 사용하면 오히려 이득……. 나 지금 무슨 호객꾼 같다!"

"그렇구나. 몰랐어요."

더 자세히 묻고 싶었으나 고헤이가 더는 못 참겠는지 "아직

이야?"라며 호소하기 시작했다.

"아이고, 알았어. 어쨌든 그런 느낌이니까 사유미 엄마도 가끔 즐겨봐. 혹시 사용하다가 그 미남이 나타나면 바로 알려줘!"

고헤이 모자가 엘리베이터를 타고 가버리자, 다시 조용해진 로비에 겨울 분위기를 실은 빗소리만이 쓸쓸하게 울린다. 유리는 앱 스토어를 열어 검색창에 '미츠 델리'라고 입력했다.

"어? 이게 뭐야?"

유다이는 그릇에 담긴 켄터키 프라이드 치킨을 보고 눈살을 찌푸렸다. 유리는 최대한 밝게 수없이 연습한 말을 꺼냈다.

"최근에 KFC 못 먹었다고 해서 미츠 델리에서 시켰어."

"응?"

갑자기 날카로워진 남편 목소리에 "가격이 쌌어"라는 말을 더해 뒤에 나올 잔소리를 봉인한다.

"옆집 오이시 씨가 알려줬어. 할인 쿠폰에 배달비 무료라 여덟 조각 팩이 890엔이야. 가끔은 괜찮잖아? 봐. 사유미도 맛있게 먹고 좋아하고. 아빠에게 편지도 썼다고."

추상화에 가까운 얼굴 그림과 '아빠, 늘 일해주셔서 고마워요. 사랑해요'라고 쓴 메시지는 사실 유리가 시켜서 쓴 것이다. 빤한 수법이지만 효과는 아주 좋았다. 유다이는 잔소리를 멈추고 치킨을 물어뜯었다.

"맛있네!"

"가끔 너무 먹고 싶어지지?"

"그렇다고 늘 이런 식이면 곤란해."

"알아. 오늘은 비가 와서 장을 못 봤고 생리 전이라 몸도 나른하고."

왜 저러지? 유리는 기분이 이상했다. 저 사람은 내가 편해지면 자기는 손해라고 생각하나. 서로 돕는 게 가족이라고 생각했는데 남편에게 자신은 그저 짐인가 보다.

깊은 밤, 킹 사이즈 침대에서 딸의 새근거리는 숨소리와 남편의 코골이 사이에 끼여 유리는 미츠 델리 앱을 열었다. 어제 온 배달원은 그가 아니었다. 주문이 확정되고 십 분쯤 지나자 '주문 음식을 받으러 갑니다'라는 알림과 동시에 사진 아이콘이 나타났는데 'Takuya'라는 이름의 배달원은 그 남자와 전혀 비슷하지 않아 낙담했다. 그래도 아이콘이 뜰 때까지의 기대와 고양감을 잊을 수 없다. 아이돌 같은 게 아니라고 속으로 중얼거렸다. 나올지 말지를 기다리는 두근거리는 이 마음, 게임 캐릭터 뽑기와 같다.

대학생 때, 소셜 게임 앱에 빠져 부모님의 신용카드로 5만 엔이나 과금한 적 있다. 캐릭터를 모아 단순한 장애물을 넘는 빤한 게임의 빤한 캐릭터에 이성을 통째로 빼앗겼다. 별 다섯 개짜리 희귀 캐릭터와 장비를 빨리 얻으려면 현질이 꼭 필요하다.

무지개 별을 다섯 개나 단 캐릭터가 특별한 효과음과 함께 출현하면 대학에서든 전철에서든 "앗싸!"라고 소리를 지를 정도로 기뻤다. 원하는 캐릭터를 뽑으면 이 운이 계속될 거라며 한껏 들뜨고 별 하나짜리 쓰레기 같은 캐릭터가 이어서 나오면 다음에는 꼭 좋은 게 나올 거라며 의지를 불태웠다. 완전히 중독이었다. 물론 금방 들통나 정신이 번쩍 들게 혼나고 당장 앱과 계정을 지웠다. 쓴 돈은 아르바이트한 돈으로 갚았다. 처음에는 발작과 비슷한 상실감과 허무함에 휩싸였으나 곧바로 '왜 그런 일에 열중했을까?'라며 현실을 자각했다. 운영자 마음대로 이용자가 손에 아무것도 쥘 수 없도록 설정한 가공 세계에서 일희일비하고 로그인 보너스부터 끊임없이 투입되는 기간 한정 이벤트 혹은 콜라보에 한껏 흥분했던 자신의 어리석음을 통감한 이래, 게임이라는 이름이 붙은 것에는 일절 손대지 않았다. 취직한 뒤로는 주위에서 감탄할 정도로 저축에만 몰두했다.

맞다, 완전히 잊고 있었다. 이런 기분이었다. 그러나 그때와는 다르다. 그는 그래픽이 아니고, 형태가 있는 음식을 사서 가족을 즐겁게 하므로 나쁠 게 하나도 없다. 액정의 푸른빛을 받으며 유리의 손가락은 절로 쿠폰 일람을 살펴본다.

사유미가 유치원에 간 사이 미츠 델리를 주문하는 게 유리의 일과가 되었다. 최대한 싸고 쓰레기가 나오지 않는 작은 걸 기준으로 각종 할인을 점검한다. 아이스커피 한 잔에 사람을 부린다는 죄책감은 곧 흐려졌다. 그러려고 만들어진 비즈니스이고 가벼울수록 배달하기 쉽지 않을까. 배달할 수 있는 지역 안에서 하루에 두세 번씩 주문할 때도 있었는데 여전히 그 미남과는 만나지 못했다. 아이콘이 뜰 때까지의 기다림에 가슴이 뛰고 온몸의 세포가 활성화된 듯 느껴졌다. 과장이 아니라 '살아 있다'라는 짜릿함에 가까운 실감이 들었다. 또 그 사람이 아니더라도 미래에 대한 희망은 남아 있다. 다음 주문에서는, 내일 주문에서는, 만날 수 있을지 모른다. 지금 이러고 있는 사이에도 마을을 돌아다니며 자신의 주문이 그의 스마트폰에 알림을 띄울지 모른다. 희망은 유리의 마음에 여유를 주어 유다이의 짜증이나 사유미의 어리광을 너그러이 넘기게 했다.

정말 그 남자가 배달하러 오면 어쩌지. 구체적인 계획은 없었다. 그저 만나고 싶었다. 가까이에서 얼굴을 보고 싶다. 전에 봤었다고 가벼운 수다 정도는 건넬지 모르나 불륜을 바라지도 않았고 그런 잘생긴 남자와 잘되기를 기대하는 마음조차 없었다.

바라는 바는 단순하다. 뽑기에서 이기고 싶다. 그게 전부였다. 별 다섯 개를 뽑으면 만족하고 끝낼 작정이다. 한 번만 더 만나면 미츠 델리 앱을 삭제하고 손을 털 것이다. 바꿔 말하면 그 남자가 나올 때까지 유리의 뽑기는 끝나지 않는다.

그러므로 '임시 휴원 알림'이라는 유치원의 메시지를 본 순간 얼굴에 핏기가 가셨다. 비슷한 시기에 여러 직원이 밀접 접촉자가 되어 운영할 수 없다는 내용이 완곡하고 정중한 표현으로 적혀 있었다. 기간은 내일부터 두 주 동안. 그렇게 오래 미츠 델리를 할 수 없다고? 유리의 머리에 제일 먼저 떠오른 생각이 그것이었다. 낮잠 잘 때 몰래 부를까? 맨션 앞에서 받기로 설정하면 인터폰을 누르지 않을 테고……. 그건 안 된다. 사유미는 아주 작은 소리에도 깰 때가 있다. 특히 '엄마가 어디 가려 한다'라는 기척에 놀라울 정도로 예민했다. 사유미가 알아차리면 남편 앞에서 "미츠 델리가 왔었어"라고 말을 흘릴 가능성이 높다.

위험부담을 최소한으로 낮추고 미츠 델리를 계속할 방법을 고안한 결과, 소아용 수면 유도제를 사기로 했다. 일본에서는 처방전이 있어야 하지만 해외 드러그스토어에서는 쉽게 구할 수 있는 약, 개인 수입 사이트를 통해 구했다. 대량으로 사들인 의약품과 영양 보조제를 국내에서 비싸게 파는 곳으로 독신일 때 그곳에서 미국산 다이어트 보조제를 산 적 있다. 물론 특별히 효과는 없었다. 일본에 사는 외국인을 상대로 판매하는지 사이트는 모두 영어로 표기되어 있어서 별 볼 일 없는 기술이 오랜만에 유용하게 쓰였다.

이틀 뒤 오전 중에 속달로 약이 도착해 바로 시험했다. 설명서에는 한 알이라고 적혀 있었는데 혹시나 해서 반 알만 부숴 오렌지주스에 탔다. 주스를 휘휘 저으면서 문득 무슨 짓을 하고 있나 싶었다. 별것도 아닌 음료수와 간식을 배달시키려고, 아니, 순간 스친 남자와 재회하려고 자기 자식에게 수면제를 먹이다니 무슨 짓인가. 오렌지색의 소용돌이를 내려다보는 자신에게 소름이 끼쳤다. 그러나 그 공포는 텔레비전에서 흘러나오는 멜로디에 섞여 사라졌다.

―유 투, 미 투, 미츠 델리…….

유리는 티스푼을 입에 물고 "맛있다"라고 중얼거렸다. 주스, 그러고 보니 오랫동안 안 마셨구나. 오늘은 전에 점 찍어둔 신선 과일 전문점에서 주문하자. 사유미는 갓난아기 때부터 잠이 얕아 걱정이었으므로 약의 도움을 받는 것도 나쁘지 않을 것이다. 유치원 친구들보다 몸집이 작은 이유도 푹 잠들지 못해서일 수 있다.

"사유미, 오렌지주스 마실래?"

"응!"

유리는 달려오는 딸을 다정하게 품에 안았다.

약의 효과는 즉시 나타났다. 현관에서 신발을 신는 소리에도 반응하던 딸이 꿈쩍도 하지 않는다. 미츠 델리에 주문한 믹스 주스를 실컷 음미하고 두 시간쯤 지나 흔들어 깨웠는데 얼른 눈을 뜨고 칭얼대지도 않았다. 이 정도면 충분하다고 생각해 안심한다. 오늘도 틀렸으나 내일 또 도전하면 된다.

사유미의 점심밥에 약을 섞어 먹여 재운 사이에 미츠 델리를 이용한다는 새로운 루틴이 시작되었다. 일주일쯤 지나 유치원은 다른 직원이 밀접 접촉자로 대기하게 되어 휴원을 연장했다. 선생님들도 참 고생이라는 마음이 들어 진심으로 동정했다.

간식으로 푸딩을 하나 주문한 날도 있었다. 배달원이 현관 앞에 종이봉투를 놓고 가는 과정을 도어스코프로 지켜보다가 살그머니 문을 열고 재빨리 들어온다. 부엌에서 푸딩을 꺼내는데 봉투 바닥에 종잇조각이 붙어 있었다.

'시간 되시면 연락해주세요. Takuya.'

휘갈겨 쓴 메모에 메신저 아이디도 적혀 있어서 절로 얼굴이 구겨졌다. '뭐야, 이 자식!' 소름이 돋았다. 몇 번 온 배달원이다. 아이콘과 이름은 어렴풋이 기억하고 있으나 인터폰 너머로 응답했을 뿐 한 번도 대면하지 않았는데 무슨 속셈이란 말인가. 여자가 있는 집이면 죄다 메신저 아이디를 뿌리나. 일단 뿌려나보는 융단 폭격. 성공한 적도 있을지 모르겠다. 어쨌든 너무 불쾌했다. 순수한 마음으로 뽑기를 즐기고 있었는데 느닷없이 찬물을 뒤집어쓴 기분이다. 이런 일, 리뷰에 써야 할까? 배달은 어디까지나 개인 계약이어서 운영 회사는 성의껏 대응하지 않는다고 들었다. 오히려 화를 사는 게 더 무섭다. 유리는 망설인 끝에 평가에 별 하나를 주고 '배달원 태도가 안 좋았다'라는 항목에 체크하고 송신했다. 주문 빈도가 높고 시간대도 일정한 편이라 Takuya는 이후에도 종종 왔으나 더 접근하지 않았고 유리도 평소처럼 대응했다.

그렇게 길고 긴 휴원 기간이 끝나기 전날, 남편이 험악한 표정으로 집에 왔다. 미용실에서 안 좋은 일이라도 있었나. 내일부터 편안하게 미츠 델리에 집중할 수 있어서 흥분하고 있던 유리로서는 성가셨으나 적당히 밝고 부드러운 목소리로 맞이한다.

"당신, 왔어? 스튜 데울게."

"유리."

"응?"

유다이는 업무용 숄더백에서 반으로 접은 종이를 꺼내 테이블에 탁 내려놨다.

"도대체 이게 뭐야?"

작은 글자들이 빼곡하게 인쇄되어 있다. 손에 든 게 신용카드 이용 명세서임을 안 순간 유리의 손이 달달 떨리기 시작했다. '미츠 델리'라는 글자가 대부분을 차지하고 있었다.

"어떻게?"

목소리가 뒤집힌다. 유다이는 쪼잔하기는 하나 집안일에는 관심이 없어서 카드사에서 보낸 우편물에는 눈길도 주지 않았다. 그래서 마음 놓고 결제했는데.

오이시 씨가 알려주더라. 그런 말이 날아왔다.

"오늘 아침, 엘리베이터 앞에서 만났어. 네가 미츠 델리에 빠져서 자주 배달시킨다고 하더라. 믿을 수 없어서 인터넷 명세서를 뽑아봤더니……. 정말 기가 차서. 게다가 잘생긴 배달원을 만나려는 게 이유라며? 부끄럽지도 않냐?"

믿을 수 없는 건 오히려 나야. 얼마나 친한지와 상관없이 여자끼리 대화는 남편에게 흘리지 않는다는 게 최소한의 의리라고 생각했는데 배신당했다.

"고헤이 어머니는 고자질이나 하는 사람이었네."

"뭐? 오히려 네가 성질을 내? 오이시 씨는 걱정했던 거라고!"

"그렇다면 나한테 직접 얘기했어야지. 애당초 우리 집에 미츠 델리가 온다는 걸 어떻게 알아? 신경을 곤두세우고 훔쳐 들었다는 소리잖아. 기분 나빠."

"바깥 복도에 면한 방에서 일해서 사람 드나드는 소리가 잘 들린다더라."

"뭐? 그런 변명을 진짜로 믿어?"

고헤이 어머니라는 사람, 그 배달원이 오기를 숨죽이며 기다렸을 것이다. 우리 집을 살펴 내 뽑기에 숟가락을 얹을 생각으로. 정말 저질이다.

"문제는 그게 아니잖아! 너 진짜 이상하다!"

유다이는 숄더백을 무섭게 내던지고 거칠게 말했다.

"오이시 씨는 집에서 아이도 보며 일도 하는데 너는 배달시키며 돈이나 낭비하고."

"나도 일하고 싶다고!!"

유리도 소리쳤다.

"사유미를 보육원에 맡기고 일을 계속하고 싶다고 수없이 말했잖아! 그때마다 아이가 어릴 때는 집에 있었으면 좋겠다며 무시한 게 당신 아니야! 시부모님이 맞벌이해서 외로웠다며? 그러더니 아이가 태어나니 육아는 온통 내게 밀어놓고. 손을 잡고 안전하게 길을 걷는 그 단순한 일이 얼마나 신경 쓰이는 일인지도 모르는 주제에. 낭비? 당신이야말로 결혼 전에 거의 저금하지 않았으면서. 맨션 보증금 700만 엔, 전부 내가 결혼 전에 저금한 돈으로 냈지? 개인 자산이라고. 미츠 델리에 쓴 돈, 다 합쳐도 고작 2, 3만 엔이야. 그 정도로 그렇게 화낼 거면 700만 엔의 반은 내놔야지."

"그거랑 이게 무슨 상관이야!"

"있지. 돈 얘기잖아. 상관없으면 나를 이해시켜봐."

"적당히 좀 해!!"

쿵. 테이블을 주먹으로 치는 소리가 울림과 동시에 사유미가 거실로 뛰어 들어왔다.

"싫어! 싸우지 마!"

눈동자보다 큰 눈물을 뚝뚝 흘리며 호소하면서 유다이의 다리에 매달렸다.

"사유미, 미안해. 괜찮으니까 이리로 와."

유리는 사유미를 안아 올려 등을 쓰다듬으며 침실로 데려갔다. 훌쩍이는 따뜻하고 조그만 몸을 안고 있으니 잠이 쏟아져 눈을 감고 말았다. 얼마나 지났을까, 유다이가 혼잣말처럼 중얼대는 소리가 들렸다 "이런 상황에 잠이 오냐?" 그러나 그 목소리는 바로 흩어져 유리에게는 아무것도 들리지 않았다.

다음 날 아침, 유다이는 고양이라도 달래는 양 유난스러운 목소리로 사유미에게 제안했다.

"할머니네 갈까?"

"진짜? 신난다!"

차로 한 시간쯤 걸리는 시댁에는 오랫동안 가지 못했던 터라 딸은 아주 기뻐했다.

"엄마는?"

"엄마는 나중에 올 거야. 맥도날드 드라이브 스루에서 아침 먹자!"

남편은 자연스럽게 대답했고 딸은 음식에 낚여 집을 나섰다. 유리와는 한마디도 나누지 않았고 눈길조차 주지 않았다. 어떤 감정도 들지 않았다. 사유미가 차 안에서 떼를 쓰면 어쩔 셈이지? 호기심에 가까운 심술 궂은 마음이 싹트며 이미 끝난 걸지 모른다는 생각도 들었다. 훨씬 전부터 일렁이던 불만까지 쏟아내 회복될 여지가 보이지 않는다. 그래도 후회는 없다. 오히려 왜 이제까지 말하지 않았나 싶을 정도로 후련했다. 일이나 보증금이나 부부 사이에 결정적인 균열을 가져올 듯해 참아왔던 문제인데, 왜 자신만 참아야 하나.

빈집에서 미츠 델리 앱을 열어 아침식사로 샌드위치를 주문했다. 꽝이었다. 평소대로 집안일을 하고 점심으로 오므라이스를 주문했다. 꽝이었다. 남편이 없어도 딸이 없어도 배달원이 밝혀질 때까지의 흥분은 여전히 끝내줬다. 빨아야 한다면서도 미뤄뒀던 이불 시트를 세탁기에 넣고 새로운 시트를 깔아 청결한 성취감을 느끼며 오늘 세 번째 미츠 델리를 켰다. 유명 파티세리의 딸기 타르트를 시키자. 주문 확정을 누르자 조금 있다가 배달원 아이콘으로 바뀌었는데 또 꽝이다. 그러나 오늘은 Takuya만 아니면 된다. 저녁이 되어도 사유미가 돌아오지 않으면 저녁식사도 주문하자. 평소와 다른 시간대라 기대해봐도 좋을 것이다. 유리는 혼자 "유 투, 미 투……"를 되풀이해 소리 높여 불렀다. 이웃에 들려도 상관없다. 맘대로 떠들고 다니라지. 당신도, 공용 복도에서 롤러스케이트를 타고 돌아다니는 당신 아들도 싫어.

얼마 후 인터폰이 울려 "현관 앞에 놓아주세요"라고 대답하고 도어락을 푼다. 언제나 해온, 익숙한 동작이었다. 조심스레 연 문에 굵은 손가락 네 개가 쓱 매달리는 모습을 목격하기 전까지는.

그것은 갑자기 나타난 버그 같았다.

저항할 새도 없이 문틈이 넓어지더니 남자가 밀고 들어온다. 비명도 나오지 않아 그 남자가 손을 돌려 문을 닫고 체인을 거는 모습을 멀거니 바라봤다. 현관 앞에서 주저앉은 유리를 보며 남자가 말한다.

"야, 왜 메시지 안 하나?"

"아?!"

그 순간 처음으로 소리가 흘러나왔다. 이 얼굴을 안다. Takuya다. 아이콘에서 본 애써 미소 지은 얼굴과 달리 모자 아래의 얼굴은 돌처럼 무표정했다.

"나, 너 좋아해. 처음 본 순간부터 좋아했어. 옆집 아줌마에게 배달할 때 엘리베이터를 같이 탔어. 네가 일부러 몇 층이냐고 물었잖아?"

그런 일은 전혀 기억하지 못한다. 만약 그랬다고 해도 왜? 그런 일로 일방적으로 호의를 품다니 말도 안 된다. 유리의 입에서는 딱딱 이가 부딪히는 소리만 나왔다. 아마도 조금 전 배달원을 따라 공동현관을 뚫고 들어와 스코프 사각지대에 숨어 있었을 것이다. 유리를 만나려고. 오직 만나기 위해.

"너도 자주 배달시켰잖아. 그거 나를 만나고 싶어서였지? 당신한테 주문이 들어오면 오늘은 행운이라며 좋아했어. 그런데 얼굴도 안 보여주고. 낯을 가리나 아니면 맨얼굴을 보여주기 싫은가, 혼자 궁리하다가 더는 안 되겠다고 생각해서 일부러 메모를 넣었는데 개무시했지? 그건 아니지 않냐? 응? 무슨 생각이야? 사람을 너무 애달게 하는 거 아냐?"

그게 아니야. 당신 같은 사람은 몰라. 내가 만나고 싶은 사람은 당신이 아니야. 나는 뽑기를 즐겼을 뿐이야. 내가 뽑는 쪽인데 이런 말도 안 되는 상황은 받아들일 수 없어. 유리는 힘껏 고개를 젓는다. Takuya는 한심하다는 듯 한숨을 내쉬고 유리를 덮쳤다.

—네. 그래서 정신없이 손으로 바닥을 더듬었어요. 슬리퍼가 만져져서 일단 그걸로 때렸어요. 때렸다기보다 뺨을 친 느낌이었어요. 찰싹, 콩트에나 나오는 소리가 났어요. 상대가 몸을 뺀 틈에 일어나 주스 상자 위에 있던 유리 꽃병으로 여러 번 머리를 내리쳐……. 시어머니가 집들이 선물로 준 거예요. 멋도 없고 무거워 이런 걸 줄 바에는 그냥 1만 엔을 주지, 그렇게 생각했는데 도움이 되었네요.

—정당방위……인가요? 사라지길 바랐어요. 버그는 수정되어야 하니까요. 그리고 그 사람이 보기에는 저도 끔찍할 것 같더라고요. 그런 상상이 드니 정말 엄청나게 화가 나서, 너 때문에 이런 생각까지 하고 말았다는 마음이……. 그게 살의라면 그

럴 수도 있겠네요.

　—아뇨. 정신을 놓지는 않았어요. 머리에서 피가 흐르고 더는 움직이지 않는 Takuya 씨를 보고 깨달았어요. 배달원이 너무 많아 그 사람을 만나는 게 힘들다면 꽝을 없애면 되잖아요? 결국은 딸이 하도 떼를 써 어쩌지 못한 남편이 일찍 집에 왔을 때 제가 사체 옆에서 스마트폰을 조작하고 있었던 이유도 그거예요. 경찰에 신고할 방법을 몰라서가 아닙니다. 남편과 딸을 봤을 때의 기분요? 삼인분을 시켜야겠다고 생각했죠. 좀 아깝다는 생각도 들었고요.

　—이거, 정신감정을 받아야 하는 거죠? 제가 병들었다고 생각하세요? 저로서는 영 와닿지 않는데……. 음, 어쩌면 훨씬 전부터 그랬나? 그 사람, 깜짝 놀랄 만큼 잘생긴 사람이 아니었을지도 모르고 애당초 존재하지 않았을 수도 있겠네요. 딸이 “엄마, 자전거 와”라고 말했던 것까지 포함해 전부 저의 현실 도피라고 해야 하나, 망상이었을까요? 잘 모르겠어요.

　—선생님. 여기서는 무슨 말이든 해도 되죠? 그럼 하나만 부탁할게요. 배달 좀 시켜주시면 안 되나요? 구치소 식사가 입에 영 맞지 않아서요. 스마트폰은 압수당했고……. 아, 안 되나요? 왜요?

　—유 투, 미 투, 미츠 델리…….

반딧불이

너무 깊은 낮잠에서 느닷없이 깼을 때와 비슷했다. 밖이 어둡지만 밤인지 이른 아침인지 알 수 없고 계절이나 요일 감각마저 잃어버렸다. 지금 갑자기 이 세상에 툭 떨어진 듯 두렵기만 하다.

정신을 차려보니 소나무 아래에 있었다. 발밑에는 찢어진 메모지와 밑부분이 찰싹 붙어 있는 솔잎. 자세히 보니 솔잎 두 개가 아니라 가늘고 뾰족한 푸른 잎 세 장이 하나로 묶여 있다. 메모지에는 딱 봐도 여자애가 쓴 글씨로 이렇게 적혀 있다.

'당신과 이별해 이나바로 떠나지만, 그곳 산봉우리에 솟은 소나무처럼 날 기다린다 들리면, 바로 돌아오리다.'

마침내 여기가 고등학교 교직원 주차장임을 깨닫는다. 한쪽

구석에 덜렁 서 있는 소나무에는 이따금 세 잎 솔잎이 나는데 그걸 찾아 이 시구절과 함께 소나무 밑동에 놓고 소원을 빌면 잃어버린 걸 찾을 수 있다는 전설이 내려오고 있다. 누가 시작한 얘기인지는 모르겠으나 교과서, 노트, 필기구와 집 열쇠, 지갑, 도망친 반려동물, 다른 상대에게 가버린 연인까지 정말 돌아오려나 하는 마음에 이른 아침이나 방과 후, 선생님의 눈을 피해 세 잎 솔잎을 찾는 아이(대부분이 여자애)가 종종 있다. 내 발밑의 솔잎은 투명 테이프로 메모지에 붙어 있고 바람에 날아가지 않도록 돌까지 올려져 있다. 꼭 돌려받고 싶은 게 있는 모양이다. 나는 그런 한심한 미신에는 관심이 없다. 그런데 왜 이런 데 우두커니 서 있지? 주위는 어두컴컴하고 주차장 조명에 설핏 비친 소나무 밑동은 뱀이 칭칭 감고 있는 듯 보여 께름칙하다.

여기 있어봤자 할 일도 없어서 주차장을 가로질러 정문으로 향하니 동아리 활동을 끝낸 학생들이 있어서 안도가 되었다. 방과 후의 인적 없는 학교는 무섭다. 고문 선생님이 어쩌니, 지난주 큰비가 어쩌니 요란스럽게 떠들어대는 아이들에 섞여 문을 나서는데 뒤에서 차임벨이 울렸다. 6시 하교를 재촉하는 차임벨이다. 이 시간이 지나면 정문이 닫혀 뒷문으로 좀 멀리 돌아 하교해야 해서 여기저기서 "세이프!"라는 소리가 났다. 자전거로 등하교하는 무리가 걷는 무리를 속속 추월한다. 우리 학교는 낮은 산 중턱에 있어서 가장 가까운 역까지 비탈길이 이어진다. 도중에 드문드문 밭이나 민가가 있는 정도로 들를 데도 없다. 그래도 툭툭 누가 등을 밀어주듯 기분 좋게 걸어 돌아갈 수 있는 내리막길이 좋았다. 좋았다?

어라? 그 자리에 멈춘다. 이상하네. 위화감은 있는데 머리가 계속 멍해 뭐가 어떻게 이상한지 도통 생각할 수 없다. 뇌가 솜이라도 된 듯 몽글몽글한 느낌. 내 옆을 지나가는 무리를 바라보며 드디어 깨달았다. 모두 마스크를 쓰고 있다. 어? 어쩌지? 나만 왜 마스크가 없지? 저도 모르게 입을 가리고 주위를 두리번거리는데 아무도 신경 쓰지 않는다. 뭐지? 이 마스크 행렬은? 독감이라도 유행하나? 겨울도 아닌데? 다들 반소매를 입었고 나도……. 그때에야 내 복장에 의식이 쏠렸다. 맨발에 웨지 샌들, 무릎 위 길이의 플레어스커트, 민소매에 소매가 부푼 코쿤 카디건. 말도 안 돼! 완전 사복이잖아! 무슨 짓을 한 거지?

혼란스러움조차 왠지 현실감이 없어서 혹시 꿈인가 하고 생각하는데 뒤에서 따르릉 가벼운 벨 소리가 다가온다. 흠칫 놀라 고개를 돌리니 배낭을 실은 자전거 앞 바구니가 코앞에 있다. 앗! 못 비키겠어. 왜 내게 달려오지?

눈을 꼭 감는다. 다음 순간 고통도 충격도 없이 형태 없는 무언가가 몸속을 통과하는 감각이 들었다.

─먼저 갈게!

—좀 태워줘!

—안 돼. 안녕!

그런 대화가 앞쪽에서 들려온다. 조심스럽게 눈을 뜨니 자전거가 저만치 멀어지고 있다. 바람이 훑고 지나갔다고 해야 하나, 바람에 흩날렸다고 해야 하나. 헛헛한 배를 멍하니 쓰다듬는다. 피는 나오지 않는다. 구멍이 나지도 않았다. 멀거니 서 있는데 뒤에서 몇 사람의 대화가 들려온다.

—미나, 언제 학교 와?

—집을 정리해야 해서 한동안 못 온대.

—아, 바닥까지 침수되었으니까.

—옛날에도 호우 쏟아진 적 있잖아. 기억해?

—아니, 전혀 몰라. 두 살인가 세 살 아니었나?

—난 어렴풋하게 기억해. 엄마가 황급히 짐을 싸고 아버지에게 업혀 학교 체육관으로 왔어.

—정말? 무사했어?

—응. 결과적으로는 아무 일도 없었어. 그래도 매년 이 계절이 되면 생각나. 그리고 올해로 십오 년이라 학기 시작하면서 추도식도 했잖아.

—그랬지.

—우리 학교 학생이 행방불명된 채 시신도 안 나왔다니 불쌍하지 않아? 그래서 그 소나무에 소원을 빌었어.

—뭐? 거짓말! 야, 기다려.

—……그랬더니 정말…… 백골을 찾아서 정말 놀랐어.

순식간에 이해하고 만다.

맞다. 나, 죽었다.

나는 죽었다. 틀림없다. 꿈도 혼수상태도 유체 이탈도 아니다. 근거는 없으나 그런 확신이 들었다. 그래선지 덥지도 춥지도 않고 걷는데 지면을 밟는 감각도 없고 무엇보다 내 체중마저 느껴지지 않는다. 살아 있을 때 살아 있다는 느낌을 일일이 느끼지 못했던 것과 마찬가지로 죽은 느낌 역시 지금 내게는 너무나 자연스러웠다. 한편 머리는 돌아가는데 언제 어디서 내가 죽었는지는 전혀 기억나지 않는다. 아까 들은 대화로 보면 십오 년 전 호우 때 죽어 시신을 찾지 못하고 있었는데 소나무에 소원을 빌어서 백골이 발견된 듯하다.

아니, 아무리 그래도 소원과의 인과관계를 영 모르겠네. 그렇게 생각함과 동시에 '인과관계'라는 말이 심히 걸렸다. '내 말'이 아닌 듯했다. 왜지? 생각을 더듬으려 하는데 내 의식에 초점이 안 맞는다. 큰일이네. 방금 생각한 것도 잊을 것 같아. 고개를 휘휘 저으니 밀크티 베이지색 머리카락이 흔들린다. 아, 염색할 때가 됐네. 이런 말도 안 되는 건 기억나는데.

일단 지금의 나는 유령이라는 게 되었다. 어떻게 이렇게 되었는지, 앞으로 어떻게 해야 하는지 모른 채 천국도 지옥도 아닌 고향으로 십오 년 만에 돌아왔다. 딱히 피곤한 것도 아니다. 물론 피곤하다는 감각조차 기억나지 않는다. 일단 그 자리에 쭈그려 앉았다. 낮은 하늘에 보름달이 떠 있다. 밤하늘에 번진 빛을 보고 "어쩌지?"라고 중얼거려보았다. 가을벌레가 찌르륵 찌르륵 울고 있다. 벌레는, 살아 있구나. 이렇게 절절한 마음으로 벌레 소리에 귀를 기울이는 건 태어나 처음……. 아니, 나 죽었지.

한 가지, 강한 분노나 증오를 내 안에서 찾을 수 없는 점에 그나마 안도했다. 그런 강렬한 부정적인 감정에 성불하지 못했다면 잊지 못했을 것이다. 누군가를 원망하며 죽지는 않았구나. 〈링〉의 사다코처럼 되지 않아서 다행이다.

정신을 차리니 하교하는 학생들도 다 사라지고 주위는 캄캄했다. 갑자기 무서워져 벌떡 일어난다. 귀신도 귀신이 무섭다. 인간에 들러붙거나 저주하는 파워풀한 귀신을 만나는 건 싫다. 인간에게 어떻게 들러붙지? 반대로 성불은? 하나도 모르겠다. 다만 어디로 가야 할지 생각했을 때 자연스럽게 집이 떠올랐다. 맞다. 엄마가 기억난다. 일단 집에 가자. 갈 곳이 생기니 갑자기 용기가 생겨 쓸쓸한 밤길을 잰걸음으로 걷기 시작했다. 날아갈 수 있으면 좋겠는데 그런 능력은 없는 모양이다. 물건도 만질 수 없는 듯 역에 도착할 때까지 몇 사람을 스쳤는데 나를 보는 사람은 없었다.

　자동 개찰기조차 나를 인식하지 못해 사람 없는 개찰구를 그냥 통과했다. 전철을 기다리는 사이 벤치에 앉은 샐러리맨 같은 남자가 얇고 작은 기계를 정신없이 보고 있기에 옆에서 당당하게 들여다봤다. 아, 이거 혹시? 십오 년 뒤의 핸드폰? 반으로 접히지도 않고 숫자 버튼도 달려 있지 않다. 매끈한 모서리에 평평한 핸드폰이 멋져 보여 큰 소리로 "좋네!"라고 말했으나 남자는 전혀 반응하지 않는다. 자세히 보니 귀에 커다란 귀마개 같은 걸 하고 있어서 바로 이어폰임을 알았다. 이제는 줄이 안 달려 있구나. 참 편리한 세상이다. 역시 살았으면 좋았겠다. 그러고 보니 내 핸드폰은 어디 있지? 치마 주머니를 뒤져봐도 없다. 반으로 접히는 도코모 폴더폰, 기억해내려 하는데 또 의식의 초점이 흐려진다.

　미래의 핸드폰 화면에 나오는 너무나 유려한 화질에 곧장 몰입하고 만다. 무음의 영상은 뉴스 프로그램인 듯 화면 아래에 '오늘 신규 감염자 수'라는 글자가 크게 나와 있다. 이후에도 자막을 하나도 놓치지 않고 확인한 결과 아무래도 새로운 전염병이 전세계에 퍼져 현재 진행중으로 큰일임을 이해할 수 있었다. 그래서 다들 마스크를 썼구나. 그런 일이 정말 있구나. 내가 유령이 되어 여기 있는 것과 지금의 세상, 둘 중에 어느 게 더 만화 같은 일일까.

　삼십 분쯤 내내 핸드폰을 들여다보고 있었던 덕분에 전혀 지루하지 않았다. 남자는 게임하거나 말풍선이 잔뜩 늘어선 화면에서 누군가와 대화를 나눴다. 아마도 메일 같은 도구인가 보다. 버튼을 누르지 않아도 화면을 직접 만져 조작할 수 있는가보다. 나도 옆에서 손가락을 뻗어 건드려봤으나 반짝반짝 빛나는 화면은 전혀 반응하지 않았다. 그리고 전철이 오자 남자는 핸드폰을 얼른 가방에 넣고 타더니 팔짱을 끼고 눈을 감았다. 재미없어. 아무도 나를 보지 못한다는 사실을 이용해 긴 의자에 눕는다. 물건을 만질 수는 없는데 이렇게 누울 수는 있다. 그러나 좌석의 감촉은 없다. 죽는다는 거 신기하네. 머리카락을 잡아 눈앞으로 가져오니 갈라진 머리카락이 여러 개 보였다. 이런 건 살아 있을 때랑 똑같네. 몸을 일으켜 창밖을 본다. 국도와 도로변에 늘어선 중고 서점과 야키니쿠, 파친코 가게. 도쿄 도심까지는 전철을 갈아타고 거의 한 시간 반. 일본 어디에나 있는 어정쩡한 시골 풍경은 십오 년 전과 전혀 변함이 없어 보였다. 흘러가는 빛과 산의 실루엣. 하행선 전철과 스친다. 창에 내 모습은 비치지 않는다.

전철로 집까지 세 정거장. 완전히 숙면에 빠진 듯 보이는 남자는 어디서 내릴까. 지나치지 않기를 바라는데 말을 걸어줄 수도 없다. 나 혼자 플랫폼에 내려 주위를 두리번두리번 살폈다. 모든 기억이 초점을 잃은 듯 사소한 부분은 애매했다. 개찰구를 통과해 밖으로 나오니 검은 바지 정장을 입은 여자가 서 있다. 슬쩍 얼굴을 들여다본 순간 내 믿음직스럽지 못한 뇌가 전류라도 관통한 듯 찌릿찌릿 떨렸다. 얇은 여러 겹의 천으로 가려져 뿌옇던 의식이 조금 또렷해진다.

"쓰바사."

불러봤다. 물론 대답은 없다. 그래도 멈출 수 없었다. 마스크를 쓰고 있어도 틀림없다.

"쓰바사! 쓰바사지? 나야, 나. 유이야. 오랜만이다, 잘 지냈어? 정말 어른스러워졌네! 아, 당연한 일인가?"

혼자 잔뜩 신이 나 말을 걸고 코앞에서 손을 흔들어본다. 쓰바사는 누군가를 찾는지 로터리를 가만히 바라볼 뿐 내게는 눈길조차 안 주었다. 도시마 쓰바사, 내 친구. 초등학교부터 중고등학교를 함께 다녔고 바보 같은 나와는 달리 아주 머리가 좋았다. 맞다. '인과관계'도 '초점이 안 맞다'라는 말도 쓰바사를 통해 알았다.

예전에는 중간 길이의 단발이었는데 짧게 자르고 꼼꼼하게 화장해 청순하고 예쁜 언니 같은 분위기가 된 쓰바사를 뚫어지게 관찰하다 보니 친척 아줌마나 된 듯한 감개에 젖는다. 훌륭한 어른이 되었네. 그래, 그래. 혼자 고개를 주억거리고 있는 내 앞에서 쓰바사의 눈이 살짝 벌어졌다. 아, 혹시, 알아차렸나? 더는 움직이질 않을 심장이 쿵덕 뛰어오른 듯하다. 그러나 착각이었다. 쓰바사는 나를 통과해 앞으로 나가 손을 살짝 들었다. 쳇, 뭐야? 낙담하며 돌아보는데 자동차 전조등 불빛이 다가오고 있었다. 남자친구인가? 아니면 가족? 차가 쓰바사 앞에 멈추더니 운전석 문이 열렸다. 내 가짜 심장이 또 크게 부푼다. 이 사람, 알아!

"도시마, 오랜만이야. 늦어서 미안해."

"아뇨. 저야말로 오랜만에 뵙네요."

쓰바사가 고개를 꾸벅 숙였다.

"스기타 선생님, 여전하시네요."

역시, 스기타 선생님이다! 고등학교 2학년 때 담임으로 세계사를 가르쳤다. 수업도 재밌었고 자연스럽게 시험 예상 문제도 알려줘 남녀를 불문하고 인기가 많았다. 당시에는 그래도 이십 대였는데 지금은…… 마흔넷? 믿을 수 없네.

"칭찬은 고마운데 그럴 리 있나."

선생님은 쓴웃음을 지었다. 확실히 예전보다 살이 올라 전체적으로 볼륨은 늘었으나 그렇다고 배불뚝이까지는 아니고 머리숱도 풍성해 자학할 필요는 없겠다고 생각했다. 웃을 때 생기는 눈가 주름은 예전보다 지금이 더 나은 느낌이다.

"아니에요. 진짜예요."

"고마워. 일단 타."

"네."

선생님의 청에 뒷자리로 미끄러져 들어가는 쓰바사를 따라 탔다. 집이 어디로 가지는 않지만 이 둘은 여기서 놓치면 다시는 만날 수 없으니까. 선생님은 운전석으로 돌아와 안전띠를 매면서 말했다.

"도시마는 많이 변했네. 마스크를 썼는데도 아주 예뻐져서…… 못 알아볼 뻔했어. 여자는 참 대단해."

"왜 그러세요? 그냥 화장으로 가려서 그래요……. 전혀 안 변했어요."

말은 그렇게 하면서도 내심 좋은 듯했다. 흐트러지지도 않은 머리카락을 손으로 매만지며 중얼거렸다.

"놀랐어요. 방치해둔 페이스북으로 갑자기 선생님이 연락하셔서요."

페이스북이라니, 그게 뭐지?

"아, 미안해. 놀랐겠구나."

"그래도 기뻤어요. ……선생님이 유이를 기억해주셔서요."

앗! 소리를 지르고 말았다.

"당연하지."

선생님은 차를 출발시켰다.

"백골 시신이 발견되었다는 뉴스를 보고 진짜 심장이 멎는 줄 알았어. 마쓰모토 유이인가 싶어서."

"저도 그랬어요. 지금까지 마음 한편으로는 멀리서 건강하게 살고 있지 않을까 하는 희망을 품고 있었는데……. 아시죠? 유이는 예쁘고 옷도 잘 입었잖아요. 마침 가출하는 때 호우가 쏟아졌을 뿐 친절한 사람 차를 탔을 거라고……."

"가출?"

룸미러에 비치는 선생님의 미간에 주름이 잡힌다.

"마쓰모토가 집을 나가고 싶다고 얘기했어?"

"으음. 그건 아니지만 다들 나가고 싶죠. 이런 지겨운 동네에서는요."

쓰바사의 목소리는 어쩐지 될 대로 되라는 감정이 담긴 듯 들렸다.

"그런가? 차가 있어야 하는 사회이기는 해도 생활에 그리 큰 불편은 없다고 생각하는데."

"그래서 더 그렇죠. 미지근한 물 같아요. 오래 산 사람은 이걸로 충분하다고 마음을 놓아버려요. 쇼핑몰도 패밀리레스토랑도 병원도 생활권에 있어서 절실히 부족한 건 없죠. 그런데 그 느슨하다고 해야 하나 괴어 있다고 해야 하나, 정체된 공기에 익숙해져 꼼짝도 못 하게 되는 미래가 젊은 사람에게는 끔찍해요."

"도시마가 그렇게 말하다니 의외네. 예전에는 내가 도쿄에 있는 대학을 권해도 여기서 취직하겠다고 완강하게 버티더니."

"아……. 그때는 모든 게 싫어서 다들 도쿄에 가고 싶어하는 게 촌스럽다고 허세를 부렸던 거죠. 결국은 도쿄로 나왔고요.”

“그럼 됐잖아? 도시마는 성적도 좋아서 위를 목표로 하지 않는 게 안타까웠어.”

“스기타 선생님은 어떻게 지내셨어요?”

쓰바사의 질문과 동시에 신호가 적색으로 바뀌어 선생님은 브레이크를 밟으며 긴 한숨을 내쉬었다.

“부끄러운 말이지만, 십오 년 전 호우로 큰 충격을 받았어. 나도 무서웠고 마쓰모토가…… 제자가 행방불명되었잖아. 한동안 빗소리가 들릴 때마다 심장이 뛰어 제대로 잠들지 못했어. 휴직하고 해외를 전전하다가 교직을 포기하고 지인 회사에서 일하기 시작했어. 학생들을 버린 셈이지. 도시마에게 어떤 얼굴로 연락해야 하나 많이 망설였어.”

“저는 연락해주셔서 좋았어요.”

쓰바사가 상냥하게 말했다.

“고마워.”

내가 아는, 나를 아는 사람들의 인생에 많은 일이 있었다. 십오 년이란 세월을 비로소 통감하니 너무나 슬퍼졌다. 내 시간은 더는 앞으로 나아가지 않을 테니까. 쓰바사와 선생님과 달리 나만 남겨졌구나. 눈물은 나오지 않았다. 차는 익숙한 길을 달렸다. 목적지를 알 것 같다. 우리 집이다.

“멀리서 일부러 와주셔서 감사합니다.”

엄마가 현관 앞에서 선생님과 쓰바사를 마중했다. 생각만큼 늙지 않아서 안심했다. 물론 명백한 아줌마에서 할머니에 더 가까운 아줌마로 변했으나 더 야위고 유령처럼 보일까 봐 걱정했는데.

“아닙니다. 이번에는……..”

둘이 복잡한 표정으로 인사하려는데 엄마는 빙긋 웃으며 먼저 말했다.

“어서 들어오세요. 오래전부터 각오한 일이었어요. 마음의 정리가 되어 오히려 안심했어요.”

거실 가구나 커튼은 기억과 다르지 않다. 엄마는 홍차와 스콘을 내고 선생님에게 말했다.

“제가 만든 거예요. 입에 맞으셨으면 좋겠는데.”

“정말 감사합니다. 그럼 먹겠습니다.”

선생님은 마스크를 턱 아래까지 내리고 잼을 잔뜩 바른 스콘을 베어 물고 꽤 과장되게 반응했다.

“아, 맛있네요!”

“쓰바사도 먹어. 옛날에 너무 많이 먹어서 질렸나?”

“아뇨. 아주머니 스콘은 정말 맛있었어요. 다만 이미 저녁을 먹은 데다 다이어트중이라.”

“어머! 이렇게 날씬한데?”

엄마는 쓰바사의 온몸을 훑어보며 눈을 가늘게 떴다.

“그 옷, 정말 잘 어울린다.”

“고맙습니다.”

“옷감 광택도 봉제도 아주 좋아. 양판점의 싸구려와는 전혀 다르지. 아주 좋은 정장이야.”

“아뇨…….”

“딱 보면 알아. 이래 봬도 옛날에는 패션 일을 했다니까.”

아주 옛날 일이라고 농담처럼 말하는 엄마를 보며 쓰바사는 당황하면서도 상냥한 웃음으로 응했다.

“쓰바사랑 만나는 것도 오랜만이네. 도쿄에서 일한다고 들었는데 본가에는 안 와?”

“네. 일이 바빠서 좀처럼 못 오게 되네요.”

“그래. 무리해서 올 필요는 없지.”

엄마는 힘차게 고개를 끄덕였다.

“유이를 위해 와줘서 고마워.”

“그야 당연하죠.”

“스기타 선생님까지 와주셔서 우리 애, 틀림없이 기뻐할 거예요.”

갑자기 쓸쓸하게 말하는 엄마의 목소리에 쓰바사도 선생님도 고개를 떨군다. 우리 애, 여기 있는데요! 기뻐해? 응, 확실히 기쁘기는 한데 내 기억이 여전히 흐릿한 탓에 아주 감사하다는 느낌은 없다. 와준다고 해서 내가 살아나는 것도 아니라는 마음이 스쳤을지도 모른다.

"호우가 쏟아진 날, 전 하필 홋카이도에 혼자 가 있던 남편에게 가서……."

엄마가 말을 꺼낸다. 그 옆에서 나는 벗겨진 페디큐어를 긁기 시작했다.

"밤에 뉴스를 보고 호우 소식을 들었어요. 바로 집에 수없이 전화했는데 받질 않더라고요. 다음 날 돌아오니 유이는 없고……. 이웃 사람이 강변을 걷는 개를 봤다고 하고. 길을 걷다가 불어난 강물에 떨어졌나 했죠. 이번 하류에 유입된 토사를 굴삭기로 퍼내다가 뼈를 발견했대요. 십오 년 전, 큰비에 사라진 우리 애가 큰비 덕분에 발견되었다니 참 이상한 인연이죠."

흠. 그렇게 된 거였구나. 다른 사람 일 같았다. 불어난 물에 떨어져……? 감이 오지 않는다. 너무 옛날 일이라 다 잊었나. 그렇다면 앞으로도 생각나지 않는 게 좋을지 모르겠다.

"저……."

선생님이 조심스럽게 말을 건다.

"가능하면 유이의 방을 보고 싶은데요. 여기서 어떻게 생활했는지 조금이라도 느끼고 싶어서요."

앗! 싫어!

물론 항의했으나 엄마는 "물론이죠"라고 바로 대답하고 선생님과 쓰바사를 2층으로 안내했다. 종종 놀러 온 쓰바사는 괜찮아도 선생님에게 보여주는 건 아무래도 불편했다.

"자주 청소하고 환기해서 집에서 제일 깨끗할지도 몰라요."

엄마는 자랑스럽기라도 한 듯 문을 열고 불을 켰다. 둘이 동시에 숨을 삼키는 기척이 났다. 그들의 눈길 끝에 내 책상이 있고 책상에 내 사진이 놓여 있다. 하트 모양의 핑크 액자 속에. 액자 주위에 핑크 인형과 양초가 가득했고 조그만 핑크 꽃병에 'LOVE' 글씨와 금색 프린트된 메탈릭 핑크 풍선이 장식되어 있다. 굳이 설명하자면 사진 속 나도 핑크 머리였다.

"귀엽죠?"

엄마는 둘 다 완전히 식겁했다는 걸 전혀 눈치채지 못했는지 생글생글 웃으며 말했다.

"장례식은 안 해요. 새삼스럽기도 하고 장례식장의 흑백 톤이 싫어요. 유이와는 안 어울리잖아요. 관례나 고정 관념에 사로잡히지 않고 고인을 추모하는 방식이 있을 거예요."

"아……. 네, 물론 그렇죠."

선생님이 어디에 눈을 둬야 할지 몰라하며 어색하게 고개를 끄덕인다.

"이건 제가 제일 좋아하는 유이의 사진이에요. 역시 핑크나 밝은색이 어울려요. 우리 애는 블루베 봄*이라……. 어머, 상관

93

없는 말을 주절주절, 죄송해요. 1층에 내려가 있을 테니 다 끝나시면 부르세요."

블루베 봄이 뭐야? 내 의문에 대답하지 않고 엄마가 방을 나갔다. 그러자마자 선생님은 고개를 절레절레 흔들었으나 분홍색 제단에서 시선을 돌린 다음 눈을 감고 합장했다. 쓰바사도 똑같이 따라 했다. 조금 뒤 쓰바사는 눈을 떴는데 선생님은 돌이라도 된 듯 꿈쩍도 하지 않았다. 선생님, 그렇게 반추할 만큼 나랑 추억이 많았어요? 나는 그런 거 없는데. 수업, HR, 진로 상담……? 어렴풋이 떠오르는 에피소드는 다른 선생님을 대신 놓아도 마찬가지일 듯하다. 아니면 내가 다 잊어버린 건가? 기다리다 지쳐 침대에 걸터앉았는데 쓰바사도 더는 못 참겠는지 조심스레 말을 걸었다.

"선생님, 괜찮으세요?"

"아……. 미안하구나."

선생님은 검지와 엄지로 양쪽 눈두덩을 누르고 목멘 소리를 낸다.

"이거 안 되겠어. 막상 생활이 느껴지는 공간에 오니……. 잠시만 마쓰모토와 둘이 있게 해줄래?"

"알겠습니다."

참 이상한 얘기네. 나도 방해꾼 같은 느낌이 들어 쓰바사의 뒤를 따라 1층으로 내려왔다. 그때 엄마의 말소리가 들려왔고 쓰바사는 순간 계단 옆 벽에 몸을 붙였다. 나는 숨을 필요가 없어서 그대로 문을 통과해 거실로 갔다.

"……안 오겠다니 무슨 말이야?"

엄마는 아주 짜증스런 목소리로 누군가와 전화하고 있었다.

"지금도 고등학교 때 담임 선생과 쓰바사가 일부러 와줬다고. 늘 집을 비운 당신은 말해도 쓰바사를 모르겠지만……. 생판 남도 유이를 이렇게 생각하는데 아버지라는 사람이 이토록 매정하니 걔도 마음이 안 좋을 거야!"

아빠. 아빠는 하나도 생각나지 않는다. 초등학교 때부터 줄곧 단신 부임으로 혼자 나가 살아서 애당초 추억할 만한 에피소드가 없을지도 모른다.

"무엇보다 말이야."

엄마의 목소리가 점점 커진다.

"당신 때문에 그 애가 죽었잖아. 내가 곁에 있었으면 이런 일도 없었을 텐데, 당신이……. 뭐라고요? 아니, 무슨 입으로 그런 말을?!"

눈을 치켜뜨고 주먹을 움켜쥔 엄마 모습에서 익숙함이 느껴졌다. 맞아. 엄마는 저런 표정을 자주 지었지.

"당신이! 다! 잘못했잖아! 모두 다!!"

말만으로는 성이 차지 않는지 어린애처럼 발로 바닥을 탕탕 굴러댄다.

"장례식은 안 해! 이미 뼈만 남았으니 화장할 필요도 없잖아? 농담 아냐. 그 애가 훔쳐 간 돈도 못 찾았는데!! 아버지는 여자 버릇이 안 좋더니 딸내미는 손버릇이 안 좋고! 난 늘 예쁘게 꾸며주고 부족함 없이 키웠는데!"

돈? 무슨 소리지?

"난 모르는 일이야! 난 그런 짓 안 했어!"

나도 모르게 엄마에게 달려가 호소했다.

정말? 잊은 게 아니고? 내가 돈을 훔쳤다니, 왜? 엄마에게도 말 못 하는 많은 돈이라니, 아무리 생각해봐도 짐작 가는 바가 없다. 아니면 쓰바사의 말처럼 가출하려던 걸까? 내게 그럴 만한 배짱이 있을 리가. 무언가를 떠올릴 때마다 의문만 늘어나 두렵다. 그러나 나는 이제 갈 데도 돌아갈 데도 없다.

"듣고 있어? 무슨 말 좀 해보라고……."

아빠가 전화를 끊은 모양이다. 엄마는 핸드폰을 귀에서 떼고 노려보더니 크게 혀를 차고 엄지손톱을 잘근잘근 씹기 시작했다. 이 버릇도 낯익다. 늘 엄마 손톱은 아프지 않을지 걱정될 정도로 짧았는데 갓난아기 같은 손가락으로 내게 반짝이는 매니큐어를 칠해주었다.

"저…… 말씀중인데 죄송합니다."

목소리와 함께 거실 문이 살짝 열리고 난처한 표정의 선생님이 얼굴을 내민다. 그 어깨 너머로 머리 꼭대기만 보이는 쓰바사도 틀림없이 똑같은 표정을 짓고 있을 것이다. 엄마는 순식간에 미소를 지었다.

"어머나! 부끄러운 모습을 보여드렸네요. 죄송해요. 정말 끈질기게 영업하네요. 너무 지긋지긋해요."

"그러면 정말 싫죠. 어디서 번호를 입수했을까요."

선생님은 적당히 분위기를 맞추고는 인사했다.

"이제 가보려고 합니다."

"이제 홍차를 새로 끓이려고 했는데요."

"아뇨, 아닙니다. 그러실 필요는 없습니다."

"그래요……."

엄마는 유감스러운 듯도 안심하는 듯도 보였다. 선생님과 쓰바사가 현관에서 신발을 신는데 엄마가 편의점 비닐봉지에 담은 스콘을 선물이라며 내밀었다.

"냉동했다가 드세요. 오븐이나 전자레인지에 쉽게 데울 수 있으니까요."

"아, 정말 감사합니다."

둘은 도망치듯, 아니다, 그야말로 우리 집에서 도망쳐 나왔다. 쓰바사는 너무 놀랐는지 뒷자리가 아니라 조수석에 올라탔을 정도였다.

"아, 뭐랄까…… 엄청난 체험을 했네."

"유감이었겠어요."

"응?"

"애써 시간 내어 유이를 추모하고 있었는데 아줌마 목소리에 방해받아서요."

"응. 안 그래도 신경 쓰이더라."

선생님은 스콘이 든 봉지를 묶으려다가 다시 생각한 듯 쓰바사에게 물었다.

"하나 먹을래?"

"아뇨."

"맛있던데."

"그건 알아요. 그런데 아줌마, 머리도 안 묶고 만들었을 거예요. 이 사이에 긴 머리카락이 끼어 꺼낸 적 있거든요."

"아니! 진짜? 아까 말해줬어야지."

"죄송해요. 그래도 본인이 있는 자리에서 할 말은 아니고 둘 다 손대지 않으면 이상할 것 같아서요."

스콘은 내가 앉은 뒷자리로 휙 날아가 시트에서 굴러떨어져 바닥에 착지했다. 선생님은 돌아보지도 않고 낮게 중얼거렸다.

"마쓰모토 어머님 사실은 누구랑 통화한 걸까? 내용까지는 못 들었지만 분위기가 상당히 험악하던데."

"아저씨일 거예요. 유이의 아버지."

"사이가 안 좋아?"

"네."

쓰바사는 망설임 없이 대답했다.

"아까 패션 업계에서 일했다고 했잖아요. 도쿄에서 옷 가게 직원으로 일하다가 아저씨를 만났어요. 아저씨가 여기 출신이라 결혼하고 이곳으로 전근했는데 아줌마는 그걸 아주 싫어했지만 어쩔 수 없이 따라왔대요. 공장에서 몇 년 근무하면 다시 도쿄 본사로 돌아간다는 말을 믿고요."

쓰바사가 하는 이야기가 벌레 먹은 듯 여기저기 빠진 내 기억의 공백을 차례로 메워간다. 맞아, 맞다, 그래 그거야! 다음 이야기를 안다. 내가 쓰바사에게 알려준 사실이니까.

"……그런데 아저씨가 회사에서 불륜을 저질렀어요. 상대는 이곳에서 태어나고 자란 수수한 아르바이트 직원이었죠. 회사에 들켜 해고는 면했는데 대신 훨씬 더 촌으로 좌천되었어요. 유이가 초등학교에 올라갈 때 이야기죠."

선생님은 표정 변화 하나 없이 담담하게 말하는 쓰바사를 낯선 사람처럼 바라봤다.

"이후로는 아무도 가고 싶어하지 않는 지사나 공장을 돌아다녔대요. 아줌마는 여기 사는 게 정말 싫었으나 이보다 더 시골로 가는 것도 싫고, 일을 그만둔 지 꽤 됐는데 아이까지 데리고 도쿄로 돌아갈 자신도 없어서…… 오도 가도 못 하는 신세가 된 거죠. 결국은 이혼하지 않고 아저씨 돈만 관리하겠다는 결론을 내렸죠. 십오 년 전 아줌마가 홋카이도에 가셨던 이유는 불류 불시 검문 때문이었어요. 일 년에 한두 번 그런다고 유이가 알려줬어요. 타이밍이 너무 안 좋기는 했죠.”

“……전혀 몰랐네.”

선생님이 씁쓸한 표정으로 고개를 젓는다.

“유이에게 듣지 못하셨어요?”

“아무 말도. 그냥 어머님은…… 이미 그만뒀으니까 말하겠는데 교직원 사이에서 까다롭기로 유명했지. 마쓰모토는 머리 색깔이나 화장, 피어싱까지 너무 요란했잖아? 주의를 주면 인권 침해라고 하도 난리를 쳐서 보고도 못 본 척하는 게 불문율이었어.”

“피어싱을 뚫은 사람도 아줌마예요. 유이가 초등학교에 올라갔을 때였나. 첫 피어싱은 엄마가 해주는 거라며. 당시는 학대 아니냐는 소문이 돌았어요.”

“그랬어?”

“개 옷도 머리카락도 전부 아줌마가 한 거예요. 촌 동네 불량 패션과는 차원이 다른 세련되고 개성적인 여자아이로 키워 도쿄로 보내는 게 아줌마의 꿈이었죠. 유이가 도쿄에서 패션 회사에 취직해 멋지게 활약하다가 아줌마를 데리러 오면 아저씨와 이혼할 수 있으니까요.”

“……마쓰모토도 그러고 싶어했고?”

“본인은 학교나 친구들 사이에서 튀어 보이는 걸 싫어했어요. 얌전한 성격이라 평범한 여고생이길 바랐죠. 그러나 아줌마의 성격을 거스를 순 없었어요.”

“그래? 그렇다면 도시마는 마쓰모토에게 구세주 같은 존재였겠구나.”

선생님은 똑바로 쓰바사를 응시했다.

“틀림없이 도시마에게는 뭐든 숨김없이 다 말했겠어.”

“설마요.”

쓰바사는 선생님의 눈을 피하며 말했다.

“뭐든 다 알 수는 없죠.”

쓰바사의 말에 촉발되어 서서히 기억나기 시작했다. 내가 아니라 쓰바사에 관한 기억. 쓰바사는 어릴 때부터 머리가 좋아 “변호사가 되고 싶어”라고 말했다. 그러나 쓰바사보다 세 살 많은 오빠는 동생 성적 반도 안 되는데 남자이고 오빠라며 도쿄의 한심한 사립대학에 갔고, 쓰바사는 그녀에게 줄 학비는 없다고 해서 본가가 운영하는 주류 판매점을 도우며 할아버지와 할머니도 돌봐야 했다. 십오 년 동안 쓰바사는 어떻게 살았을까.

“역까지 데려다주면 되나?”

선생님이 시동을 걸며 말했다.

“잠깐 가보고 싶은 데가 있는데 들러도 될까요?”

“나야 괜찮은데, 어디?”

"고등학교요."

"응?"

"그냥 그리워서요. 이런 기회 아니면 다시는 갈 일도 없고요."

"그야 그렇지……. 그런데 문도 닫았고 사람도 없을 텐데?"

"안에 들어가지 않아도 돼요. 밖에서만 보죠."

"알았어."

음악도 라디오도 틀지 않은 조용한 드라이브였다. 문상 분위기라는 말을 떠올리며 혼자 키득거렸으나 곧바로 앞에 있는 두 사람과 공유하지 못하는 공허함이 찾아와 표정이 굳어졌다.

"이 길, 오랜만이네."

선생님의 이야기는 진심인지 의심스러웠다. 시커먼 어둠이 내려와 경치 같은 게 전혀 보이지 않았으니까. 그저 침묵이 어색해 말을 꺼냈을지 모른다. 이 드라이브가 끝나면 어떻게 하지? 집에서 내내 엄마를 관찰하는 일은 마음이 부대낄 듯하니 선생님이나 쓰바사 둘 중 하나를 따라갈까? 어라? 그런 걸 빙의라고 하나? 우와! 수호 귀신이라도 되어야 하나? 그런데 방법을 모르겠다.

"학교 말이야. 교직원 주차장에 아직도 소나무가 있을까?"

"소원을 비는 소나무요?"

"그래, 맞아. 종이 쓰레기가 근처 집까지 날아온다는 민원이 들어와 하지 말라고 아무리 주의를 줘도 멈추질 않았지."

“특히 여학생이 그랬죠.”

“응. 도시마나 마쓰모토도 했니?”

“아뇨.”

쓰바사의 대답은 냉담하다는 말이 어울릴 만큼 쌀쌀맞았다.

“저도 유이도 한 번도 안 했어요.”

“그래?”

선생님은 차갑게 내치는 듯한 쓰바사의 말투에 머쓱해졌는지 말끝을 길게 늘어뜨렸다.

“저희보다 선생님 이야기를 들려주세요.”

“나? 어떤?”

“지금 어린이용 학습지 회사에 다니신다면서요?”

차가 어두운 오렌지색 공간으로 들어갔다. 짧은 터널이다.

“이름으로 검색했더니 얼굴 사진이랑 같이 나왔어요. 인터넷 수업과 태블릿 단말기 보급으로 실적도 좋고 앞으로는 인공지능 채점 시스템을 도입하겠다고 신문 인터뷰에서 말씀하셨죠?”

순식간에 터널을 통과해 바로 고등학교로 이어지는 언덕길로 진입했다. 쓰바사의 말은 무슨 뜻인지 모르는 단어들뿐이었으나 선생님이 사회인으로 잘나간다는 사실만은 이해했다.

“으음. 어쩌다 운이 좋았어. 아까도 잠깐 말했지? 친구들이 세운 회사에 굴러 들어갔는데 사업 중 하나가 잘됐어.”

“부럽네요.”

"무슨 소리야?"

선생님은 요란하게 웃으며 상황을 넘기려고 했다.

"도시마도 잘하고 있잖아? 맞다, 무슨 일을 하고 있어? 정말 수재였잖아. 어디 취직을 했어도……."

"무직이에요."

그 한마디에 실내에 다시 정적이 찾아왔다. 조금 있다가 쓰바사가 입을 열었다.

"스무 살까지는 집에서 견뎌야 했어요. 무급으로 가족의 온갖 일을 도맡아 해야 했는데 미성년자 신분으로는 여러모로 안 되는 게 많을 듯해서 참았죠. 스무 살이 되자마자 숨겨놓은 돈을 들고 집을 나와 아르바이트하며 대입학원에서 일 년 동안 다시 공부했어요. 삼 년 늦게 대학생이 되어도 분명 되돌릴 수 있다, 긴 인생에서 보면 작은 오차일 뿐이라고 자신을 다독이며 실행에 옮겼죠. 그런데요……."

쓰바사의 목소리는 가드레일 밖 어둠 속에서 울려오는 것 같았다.

"다 떨어졌어요. 무조건 붙을 거라고 예상했던 대학도 다. 낯선 거리에서 의지할 데 하나 없이 아르바이트와 공부로 피로에 절어 자취하는 일은 제게 무리였어요. 현실이 보이지 않았죠. 지쳤어요. 일 년 더 열심히 해보자는 의욕이 도통 생기지 않더라고요. 그렇다고 집에 돌아올 수도 없었어요. 학력도 경력도 없이 온갖 일에 도전했지만 다 비정규직일 뿐이죠. 그래도 일할 데가 있을 때까지는 행복했다는 걸 아르바이트하던 곳이 망하면서 깨달았어요. 일단 벌자는 마음에 요식업계에서 주로 일했는데 주 수입원이었던 가게가 첫 번째 긴급 사태가 떨어지자마자 순식간에 사라졌어요. 다음은 편의점과 슈퍼마켓에서 일했는데 이번에는 제가 코로나에 걸렸죠.”

자동차 전조등 불빛에 학교 정문이 비친다. 검은 철책이 묵직한 빛을 뿜어내며 우리를 거부하고 있다.

“뒷문으로 돌아가주세요.”

쓰바사가 주문한다.

“경증이라 집에서 쉬는 정도로 끝났는데 그동안 급료는 안 나오죠, 회복한 뒤로도 피로가 가시질 않아 하루에 서너 시간만 서서 일해도 완전히 지치고 말아요. 제대로 일할 수 없는 사람이 된 거죠. 주의력도 산만해졌고 지금도 완전히 회복되지 못했어요. 단시간 아르바이트와 얼마 없는 저금으로 간신히 생활을 꾸려가고 있죠.”

선생님이 뒷문 앞에 차를 세우자, 쓰바사는 안전띠를 풀고 조수석에서 무릎을 세우고 얼굴을 묻었다.

“그래서…… 지속화 급부금*을 받았어요.”

* 코로나 감염증의 확대로 특히 큰 영향을 받은 사업자가 사업을 지속하고 재기의 바탕이 될 사업 전반에 사용할 수 있도록 정부가 지급하는 보조금.

"아니!"

선생님이 짧게 목소리를 높인다. 지속화 급부금. 또 처음 듣는 단어가 나왔다. '도쿄 특허 허가국'처럼 발음 연습용 단어 같다. 앞으로 몸을 내밀어 선생님을 살피니 어이없다는 듯 경멸의 눈빛을 던지고 있다. 쓰바사가 나쁜 짓을 한 건가?

"같이 아르바이트하는 사람의 권유로 이상한 투자 세미나에 갔더니 방법을 알려주더라고요. 아주 쉽게 100만 엔이 척 이체되더라고요. 내가 몇 시간을 일해야 받을 수 있는 돈인지를 생각하니 기쁘기보다 화가 났어요. 원래는 세미나 주최자에게 건네야 하는데 가로챘어요. 투자해 열 배, 백 배로 불려준다는 말은 당연히 거짓말일 테니까요. 오늘 입은 정장과 구두도 그 돈으로 샀어요. 조금씩 아껴 쓰고 남겨둔 20만 엔을 다 날렸죠."

후후. 쓰바사가 억눌린 듯한 웃음소리를 흘렸다.

"혹시나 고향에서 아는 사람을 만났을 때 비참하게 보이고 싶지 않다는 한심한 허영에요. 도쿄에서 그렇게 큰돈을 내고 쇼핑한 건 처음이라 기분 좋았어요. 옷을 넣은 쇼핑백을 어깨에 걸고 걸을 때는 무적이 된 느낌이더라고요."

후후, 후후. 단속적인 웃음 후 목구멍을 쥐어짜낸 듯한 목소리가 들렸다.

"바보 같아. 왜 이렇게 됐을까……."

정장을 입은 어깨가 가늘게 떨리고 있다. 선생님은 눈썹을 팔자로 늘어뜨리고 쓰바사를 방관하고 있었으나 결국은 주춤주춤 그녀의 어깨에 손을 올렸다.

"도시마……. 뭐라고 해야 좋을지 모르겠는데 그래도 다 끝난 건 아냐. 아직 젊고, 무엇보다 살아 있으니 다시 시작할 수 있잖아."

그 말이 들렸는지 아닌지 쓰바사는 꼼짝도 하지 않고 내내 침묵했다. 그런 친구가 걱정되었으나 왠지 마음이 소란해졌다. 아주 중요한 무언가가 떠오르려고 한다. 중요하지만 떠올리고는 싶지 않은 것이.

"그건 선생님 이야기인가요? 선생님은 다시 시작하셨으니까요?"

쓰바사가 느닷없이 또렷한 목소리로 물었다.

"응, 아니…… 미안해. 잘난 척이 아니라 난 그저……."

"소나무에 소원을 빈 사람은 선생님 아니에요?"

"응?"

쓰바사가 천천히 고개를 든다. 오랫동안 친구였던 나조차 한 번도 본 적 없는, 이글이글 타오르는 빛이 눈동자에 깃들어 있다. 그리고 옆에 놓아뒀던, 잡지를 사면 부록으로 주는 싸구려 같은 토트백을 뒤적여 뭔가를 꺼낸다.

"예를 들면 이런 거요."

"앗!"

선생님보다 내가 먼저 소리를 내고 말았다. 폴더폰, 도코모 SH903i. 내 핸드폰이다.

선생님은 잠자코 눈을 가늘게 떴다. 매력 포인트인 눈가 주름이 갈라진 금처럼 보였다. 내 핸드폰. 틀림없다. 그런데 왜 쓰바사가 갖고 있지? 게다가 '소원을 빈 사람은 선생님'이라니? 선생님도 이걸 찾고 있었다고? 내 의문을 대변하듯 선생님이 말했다.

"어, 어떻게 네가 그걸?"

"비밀이에요."

조금 전까지 한껏 풀 죽어 있던 모습과 정반대로 쓰바사는 왠지 즐거워 보였다.

"십오 년 전에 주웠어요. 유이가 몰래 가지고 있던 핸드폰이죠. 아줌마는 안 사줬을 텐데 어떻게 이런 게 생겼을까요?"

맞다. 엄마는 아까 '수없이 집에 전화를 걸었다'라고 했다. 내 핸드폰 번호를 알았다면 당연히 그쪽에 걸었겠지.

"암호를 걸어놨더라고요. 그래도 번호 네 개니까 만 번만 시도하면 풀리죠. 틈날 때마다 조금씩 해봤더니 석 달 만에 맞췄어요. 문자를 주고받은 사람은 딱 한 사람. '스기 샘'이라고 불렀나요? 둘이 있을 때는?"

내 뇌리에 섬광을 비춘 듯 강렬한 빛이 깜빡인다. 진로 상담실에서 안겼을 때 머리 위에서 깜빡이던 형광등 불빛, 도서실에서 키스했을 때 커튼 틈으로 스며들던 노을빛, 국도 옆 러브호텔에서 섹스했을 때 베개 옆을 비추던 기묘한 간접조명 불빛……. 전부 스기 샘과의 시간이었다.

"선생님이 연락용으로 줬죠? 바보 같은 문자가 정말 많더라고요. 사진 폴더에도 둘이 찍은 사진이 가득하고요. 졸업하고 결혼하자는 대화도 발견했죠."

시간이 멈춘 듯 굳어버린 선생님의 관자놀이에 땀 한 방울이 흘러 떨어지는 모습을 가만히 지켜본다. 땀이 나고 초조하구나. 이 사람은 살아 있구나. 정말 좋아한 스기 샘. 선생님만 있으면 아무것도 무섭지 않았다.

"그러더니 유이가 임신하자마자 손바닥 뒤집듯 태도를 바꾸다니 너무했어요."

—이 상황에서는 안 돼.

—이번에는 포기하자. 대신 평생 갚을게. 응?

—친척이나 주위에서 알면 난 해고로 끝나지 않아. 체포될 거야. 유이도 그러면 슬프겠지?

언제였더라. 선생님의 목소리가 내 귓속에서 메아리친다. 아무리 설득해도 나는 싫다며 물러서지 않았다.

—꼭 낳을 거야. 선생님, 우리 둘이 떠나자. 나도 학교 관두고 일할게. 응? 부탁이야. 안 그러면 당장 엄마한테 말할 거야.

그렇게까지 버티자, 선생님도 마침내 뜻을 접었다.

"그날 약속하셨죠?"

엄마가 불시 검문으로 집을 비운 밤.

"둘이 야반도주할 계획이었죠? 그래서 유이는 집에 있는 돈을 가지고 나왔고요. 그런데 폭우가 오는 바람에 만나기로 한 장소로 가던 중 강에 빠졌어요. 선생님은 도망쳤죠? 유이의 핸드폰이 어디로 갔는지 모르는 이상 유이의 시신이 발견되면 임신이 들통날지도 모른다. 그래서 바로 해외로 도망쳤어요. 이 년이 지나도 아무 일이 없어서 돌아왔고요. 직업도 바꿨어요. 그래도 항상 뉴스는 보며 상황을 살펴서 시신 발견 소식을 바로 알았어요. 이런 말을 줄줄 늘어놓으니 탐정 같아서 재미있네요."

쓰바사는 내 핸드폰을 딸깍, 딸깍 열었다 닫기를 반복하며 여유로운 표정을 짓고 있다.

"유이가 내게 어디까지 말했을지 궁금해 나를 불렀죠? 한심한 질문을 던져 탐색하고 형편없는 연기로 혼자 유이 방에 남은 이유도 이 핸드폰을 찾으려고 한 거겠죠. 아줌마한테 겁먹고 금방 관두다니, 정말 웃겨."

탁, 딸깍, 탁, 딸깍. 핸드폰을 끊임없이 열었다 닫는 소리가 울린다. 선생님이 내뱉은 소리는 오직 한마디였다.

"……그래서?"

쓰바사도 짧게 대답했다.

“돈.”

옳은 말을 하는 듯 망설임 없이 이글대는 눈동자로.

“죄라고 할 건 없죠. 그러나 교육계에서 일하는 사람에게는 좋지 않은 과거이기도 해요. 아, 최근에 둘째가 태어났나? 행복해 보여서 정말 부러워요.”

“얼마나?”

“일단 100만.”

“일단?”

“지속화 급부금 얘기했죠? 그거 반환하지 않으면 큰일 나요. 그런데 마이너스를 제로로 돌려놓으면 내게 남는 건 없잖아요. 재산을 통째로 달라는 게 아니에요. 순풍에 돛 단 듯한 인생의 콩고물이 필요할 뿐이죠. 너무 불공평하잖아요? 나도 필사적으로 노력했는데.”

선생님은 핸들 위에서 두 손을 꼭 깍지 끼고 손 위에 이마를 댔다. 마치 구원을 바라며 기도하는 모습이다.

“당장 인터넷 뱅킹으로 이체해줘도 돼요. 아니면 페이페이*로 소액 결제해서 조금씩 보내도 되고요. 하루에 10만 엔까지니까…….”

“닥쳐!”

---

*   일본의 대표적인 선불형 지급 시스템.

선생님이 상반신을 살짝 비틀더니 두 손으로 쓰바사의 목을 움켜쥔다. 헉! 나는 숨을 삼켰는데 쓰바사는 냉정했다. 수없이 연습이라도 한 게 아닐까 싶을 정도로 자연스럽게 가방을 뒤져 이번에는 식칼을 꺼내 선생님의 옆구리를 찔렀다. 수차례. 칼끝이 뼈에 부딪혔는지 둔탁한 소리가 났다.

"어?"

선생님은 당황한 듯한 소리를 냈고 나는 더는 볼 수 없어서 차에서 굴러 나왔다. 바닥에 닿은 무릎도 손바닥도 전혀 아프지 않다. 몸에 칼날이 파고든 선생님의 고통을 상상하려 해도 상상할 수 없다.

쓰바사, 왜 식칼을? 처음부터 이럴 계획이었어? 아니면 이야기가 틀어졌을 때의 호신용?

조수석 문 열리는 소리가 나서 조심스레 돌아보니 쓰바사가 나오고 있다. 피범벅이 된 양손이 번들번들 빛을 내고 있다. 마스크도, 정장 안에 입은 하얀 셔츠도 새빨갛다. 그대로 비틀비틀 두세 걸음 걸어와 피투성이 손을 툭 떨구고 말했다.

"유이."

내 이름을, 내가 없는, 가로등 밑을 보며 불렀다.

"유이, 봤지? 저 사람, 역시 너를 갖고 논 거야. 내게 전혀 반론하지 않았어. 너를 마음대로 가지고 놀다니 정말 나쁜 놈이야. 저런 녀석은 죽어 마땅해. 좀 더 잘 구슬려 돈을 두세 번 받아내고 목숨줄을 끊었으면 일거양득이었을 텐데 나도 긴장했고 저 사람도 너무 빨리 화를 내서.”

누구에게, 무슨 말을 떠드는 거지? 아무도 없는 무대에서 핀 조명을 받으며 독백을 시작한 듯한 쓰바사의 옆얼굴을 멀거니 바라봤다.

“그래도 했어. 했으니까…… 이제 나를 용서해.”

피로 더러워진 손으로 얼굴을 감싸 이마에도 눈가에도 피가 묻었다. 유령이 살아 있는 사람을 보고 겁에 질리다니 이상한 이야기일 테지만 쓰바사는 너무 무서웠다.

“있잖아, 유이…… 아직도 화났어?”

아냐. 무섭다니까. 심각한 표정의 나를 무시하고 쓰바사는 비틀거리며 뒷걸음질 쳤다.

“정말 미안해. 잘못했어. 그때 유이가 너무 좋아해서 분했어. 나만 남겨지는 게 싫었어. 그리고 기어이 돈에 눈이 돌아서……. 그런 짓을 할 생각은 아니었어. 미안해. 제발 부탁이니까 이제 떠나줘. 이제 충분하지? 내내 나를 따라다니며 꿈에 나타나 수험도 실패하고 다 엉망이 되었어. 그만 용서해. 그런 눈으로 보지 마…….”

쓰바사는 차 문에 기대어 털썩 주저앉아 훌쩍훌쩍 울기 시작했다. 나는 쓰바사 앞에 서서 이름을 불렀다.

“쓰바사, 이건 누명이야. 나, 귀신이 되어 나타난 적 없어. 네

죄책감이 만든 환각이야. 마음대로 날 악령으로 만들지 말아 줄래?"

내 목소리는 닿지 않는다.

십오 년 전 그날 밤. 전날부터 엄마의 현금 카드로 두 번에 나눠 100만 엔을 출금해놓았다. 저녁부터 갑자기 비가 내리기 시작하더니 점점 격렬해졌는데 그에 따라 내 마음도 두근댔다. 스기 샘과 여기가 아닌 어딘가로 가는 거야. 새로운 인생을, 아기와 셋이 시작하는 거야. 밤이 되자마자 때려 붓는 호우임에도 핸드폰과 100만 엔이 든 봉투를 가방에 넣고 집을 나섰다. 엄마가 골라준 물건은 가져가고 싶지 않았다.

우산을 써도 흠뻑 젖을 만큼의 장대비 속에서 가방을 가슴에 품고 강변을 따라 걷는데 뒤에서 "유이!"라고 부르는 소리가 들렸다. 비옷에 고무장화까지 중무장한 쓰바사가 달려왔다.

—쓰바사! 무슨 일이야? 어디 가?

—응? 무슨 소리야! 비가 너무 많이 와. 피난 지시가 내려졌잖아. 방재 무선 못 들었어?

—어, 그랬어?

—진짜 태평하다니까. 자, 초등학교로 가자. 짐은 그게 다야?

—난 안 가.

—유이?

스스로 그린 미래 예상도에 흥분했던 것 같다. 지금까지 지켜 온 비밀을 쓰바사에게만은 알려주고 싶었다. 제대로 이별 인사를 건네고 싶었다.

—있잖아. 아무한테도 말 안 했는데, 나 남자친구가 있어. 그리고 그 사람과 다른 데서 함께 살 거라 여기로는 다시는 안 돌아와.

—아니, 지금 무슨 소리야? 그런 농담은 됐어.

—농담 아냐. 돈도 준비했다고.

가방에 든 두꺼운 돈봉투를 슬쩍 보여주었을 때 비옷 모자 아래에서 쓰바사의 눈이 번뜩인 듯했으나 빗방울 탓에 그렇게 보였으리라고만 생각했다.

—다리에서 만나기로 했어. 이제 가야 해. 쓰바사, 그동안 고마웠어. 잘 지내.

내가 가방을 고쳐 메려고 한 순간 쓰바사의 손이 쑥 뻗어 나오더니 가방을 낚아챘다. 그리고 말없이 나를 힘껏 밀쳤다.

둔치에서 굴러떨어져 진흙탕물에 빠져 영문도 모른 채 몸부림치다가 정신을 차리고 보니 강변의 커다란 나무에 매달려 있었다. 보통 여기까지 물이 차지 않는데. 그런 생각이 든 순간 처음으로 공포를 느꼈다. 죽을지도 몰라. 빈 페트병과 나뭇가지, 운동화 한 짝. 온갖 물건이 내 몸에 부딪혔다가 무시무시한 속도로 다리를 지나 하류로 휩쓸려 간다.

　―살려줘요!

힘껏 소리쳤다. 둔치가 코앞인데 그곳으로 기어오르려면 나무에서 손을 떼야 한다. 그러다가 거센 물살에 휩쓸리고 만다. 앞쪽 산책로를 올려다봤으나 가스등처럼 생긴 가로등 불빛이 멀기만 하다.

누가 좀 살려줘요! 계속 소리치고 있는데 이쪽으로 달려오는 자동차 전조등 불빛이 보였다. 스기 샘이다! 와줬어. 스기 샘은 역시 내 운명의 사람이야.

차를 세우고 밖으로 나와 두리번두리번 주위를 살폈다. 있는 힘껏 그의 이름을 불렀다. 틀림없이 알아들으리라 믿어 의심치 않았다.

　―스기 샘!

선생님이 나를 알아보고 움직임을 멈춘다. 내가 뭐랬어. 다행이다. 이제 살았어. 샘이 구해줄 거야. 돈도 핸드폰도 다 빼앗겼지만 살아만 있으면 된다. 언젠가 아이에게 "그때 정말 죽을 뻔했단다"라고 말해줘야지.

선생님이 신중하게 둔치를 내려온다. 손을 뻗어 당길 생각인가? 고맙지만 위험한데. 밧줄이나 도구를 쓰지.

다른 사람을 부르라고 말하려는데 선생님은 조용히 몸을 굽혀 지면을 더듬더니 팔을 커다랗게 들어 올렸다가 휘둘렀다. 뭔가가 내 얼굴 옆을 스쳐 강물로 떨어진다.

어?

선생님은 다시 같은 동작을 되풀이했다. 이번에는 어깨에 딱딱한 게 닿는다. 아무래도 돌 같은 거 같다.

─샘, 왜 그래요? 그만해!

무수한 빗방울을 맞고 있는 선생님의 얼굴은 가면처럼 매끄럽고 하얘서 무표정하게 보였다. 이게 내가 세상에서 가장 좋아한 사람의 얼굴이야? 가장 좋아하는 사람이 내게 보이는 얼굴이라고?

너무 끔찍했다. 그 바람에 손의 힘이 풀려 순식간에 탁류에 삼켜져 흘러갔다. 약속 장소였던 다리가 소용돌이치는 시야에서 쑥쑥 멀어진다.

다시 소나무 앞에 있다. 소원을 써놓은 종이와 솔잎은 저녁때와 마찬가지로 뿌리 근처에 있다. 나와 쓰바사가 한 번도 하지 않았던 기원. 우리는 잃은 게 하나도 없었으니까. 처음부터 가진 게 없었으니까.

모든 기억이 되살아났으나 분노도 원망도 없다. 선생님이 죽었는지, 쓰바사가 앞으로 어떻게 될지도 관심 없다. 쓰바사도 선생님도 나를 그리 좋아하지 않았다. 불행이라 불릴 만한 그저 그 정도의 씁쓸한 현실이 있었을 뿐. 그러나 인연도 관계도 없는, 이름조차 모르는 어떤 여자애가 나를 안타깝게 생각해서 소원을 빌어주었다. 그 또한 현실이다.

어느새 주위는 먹물을 끼얹은 듯 캄캄한 어둠이 내려와 있었다. 어둠 속에서 덩그러니 떠 있는 빛이 보인다. 별 중에 가장 어두운 육등성을 물에 담가놓은 듯 아련하게 흔들리는 빛. 저곳을 향해 가면 되겠구나. 문득 그런 생각이 들었다. 저 쓸쓸한 빛을 향해 가자. 꽃밭, 반짝이는 강물, 그런 풍경이 아니라서 오히려 다행이다. 이 세상에 태어나보지도 못한 그 아이의 영혼일지도 모른다. 기쁘네. 드디어 만날 수 있겠어. 나는 어리석은 사람이었지만 아무도 저주하지 않고 벌을 내리지도 않은 채 유령으로서의 생을 마감하려 한다.

잘 다녀올게요!

특별 연고자

탕, 탕. 시끄러운 소리가 울린다. 슌이 놀고 있다. 하토 사브레* 빈 깡통을 연필로 두드리고 있다. 교이치는 어린애가 아무렇게나 두드리는 불규칙한 리듬에 짜증이 났다. 이부자리에서 벌떡 일어나 장지문을 열고 말했다.

"시끄럽잖아! 나가 놀아."

"추워."

"그럼 얌전히 좀 있어. 잠 좀 자자."

슌은 납득할 수 없다는 듯 삐죽 입을 내밀었다. 그러나 끝내 고다쓰 옆에 던져놓은 점퍼를 입고 깡통을 안고 나갔다. 아들에

* 가마쿠라의 유명 과자 가게 도시마야에서 판매하는 비둘기 모양의 쿠키.

게는 보물인 깡통 속 온갖 잡동사니가 한 걸음 옮길 때마다 달그락달그락 울렸다. 그 소리가 조금씩 멀어지는 걸 듣고서야 안도의 숨을 내쉬고 이부자리 안으로 들어간다. 스마트폰에 잔뜩 깔아둔 만화 앱을 순회하며 무료 콘텐츠를 놓치지는 않았는지 찾아봤으나 이미 다 읽었다. 읽은 사실조차 잊은 주제에 다음 이야기가 궁금하다니 참 웃긴 일이다. 어쩔 수 없이 역시 무료인 마작 앱을 열고 초보자 수준에서 대국을 시작했다. 패를 맞추는 것도 조언해주고 점수 계산까지 다 자동으로 이루어져 너무 편한 나머지 긴장감이 하나도 없으나 일단 손을 움직여 시간을 죽이기에는 안성맞춤이다. 그러니까 조금 전 슌과 하나도 다르지 않다는 소리다. 광고가 나오는 삼십 초 동안은 눈을 감고 시간을 넘긴다. 사소한 저항이다. 내가 볼 것 같냐? 보는 사람도 없는데 혀를 날름 내밀면서 머릿속으로 삼십까지를 세고 있으면 항상 지난 이 년간 안 풀린 일들이 거품처럼 끓어오르다가 터졌다.

돈을 걸지 않은 게임이라도 지면 울화가 치민다. 1만 6천 점을 잃은 시점에서 앱을 끄고 이번에는 트위터 타임라인을 적당히 훑는다. 다른 사람들이 올린 글만 둘러보는 계정이라 글을 올리진 않는다. 어디선가 본 듯한 생활 꿀팁이나 화제를 노린 게 분명한 한심한 기업의 공식 계정 글, 그리고 최신 뉴스. 연쇄 강도 사건……. 의외로 근처네? 무서워라. 오래 이어지는 후유증이라. 무서워. 연예인의 불륜, 엄청나네……. 오!

화면을 내리던 손가락이 '쓰레기장에서 현금 수백만 엔 발견'이라는 뉴스 사이트 기사 제목에 멈추고 "진짜!"라는 중얼거림이 튀어나왔다. 자신과는 전혀 관계없는 돈인데 어쩐지 놓치고 만 듯한 억울함에 입가가 처진다. 버릴 바에는 날 주지. 위험한 돈이라도 반드시 비밀을 지켰을 텐데. 그보다 내가 거기 작업원이었다면 그냥 슬쩍했을 텐데. 안타까운 마음에 푹 빠져 있다가 다시 꾸벅꾸벅 졸았는지 현관문 열리는 소리에 퍼뜩 눈을 떴다. 슌인가? 아니다, 도모코다.

"나, 왔어……. 아, 진짜. 숙제하다 말았잖아! 슌?"

"나갔어."

충전 케이블을 끼운 채 사용해 뜨끈뜨끈한 스마트폰을 머리맡에 놓고 대답했다. 장지문 너머에서 "뭐라고?"라는 말이 들려왔다. 곧바로 장지문이 쾅당 소리를 내며 좌우로 열렸다.

"혼자?"

"내가 쫓아낸 거 아니다. 조용히 있을 거 아니면 밖에서 놀라고 했지."

"쫓아낸 거잖아!"

머플러가 얼굴로 날아든다. 싸늘한 바깥 공기를 품고 있어서 이부자리 속에서 발효된 듯한 피부에는 딱 알맞게 상쾌했다.

"초등학교 1학년을 혼자 내보내? 그거 학대라고! 교통사고라도 당하면 어쩌려고! 얼른 찾아와!"

"이제 저녁이니 배고프면 오겠지."

"그럼 내가 찾을 테니까 당신은 저녁이라도 차려."

그것도 귀찮았다. 그러나 아무것도 안 하고 더 누워 있다가는 아내의 심기를 건드릴 듯하여 일어나 밖에 나갈 준비 하며 말했다.

"알았어. 갔다 올게. 나가는 김에 사게 담뱃값 좀 줘."

"뭐?"

"크리스마스 선물을 미리 한다고 생각해."

"웃기고 있네."

밑져야 본전이라는 생각에 손바닥을 내밀었으나 완전히 무시당한다. 조금 전에 도모코가 던진 머플러를 목에 두르고 다운 재킷에 두 손을 찔러넣었다. 현관을 나가려는데 도모코가 질문을 던졌다.

"올해 안에 일을 찾겠어?"

"못 할 것 같아."

"아, 그래?"

분노와 낙담을 넘어서 포기한 목소리였다. 이 감정이 완전한 무관심으로 변하기 전에 무슨 일이든 해야 한다는 생각은 있는데 이부자리에 들어가 스마트폰을 만지면 바로 위기감이 눈 녹듯 사라진다. 한없이 게으른 지금보다 새벽 5시에 일어나 재료

손질 준비로 분주하게 지냈던 과거가 훨씬 있을 수 없는 일처럼 느껴지기 시작했다. 주머니에서 마스크를 꺼내 쓰고 혀끝으로 앞니를 훑는데 오늘 한 번도 양치질을 안 한 탓인지 살짝 끈끈했다.

어차피 근처 공원에 있겠지 싶어서 가보니 예상대로 꺅꺅 익숙한 소리가 들려왔다.

"아, 아빠!"

"뛰지 마. 양손이 자유롭지 않을 때 넘어지면 큰일이야."

"안 넘어져."

왜 아이라는 존재는 자주 엎어지는 주제에 저렇게 자신만만할까.

"공원에서 놀았어?"

"음……."

별생각 없이 물었는데 슌은 웬일로 고개를 기울이고 무릎 아래를 꾸물꾸물 움직였다. 화장실에라도 가고 싶나? 그건 아무래도 아닌 듯하다. 아! 뭔가 숨기는 게 있구나. 감 잡았어.

"어디 갔었어? 엄마한테 비밀로 할 테니 솔직하게 말해 봐."

"……저 집."

아들은 집에서 한 블록 떨어진 곳에 있는 낡은 단독주택을 가리켰다. 이웃과의 교류는커녕 그 집 주인의 얼굴도 이름도 모른다.

“왜?”

“슈퍼볼 가지고 놀고 있었는데 튀어서 안에 들어갔어.”

“너! 길에서 슈퍼볼 가지고 놀면 안 된다고 했는데?”

그러나 밖에서 놀라고 한 장본인이 자신이라 강하게 주의를 주지는 못했다.

“그래서?”

어쨌든 계속 말하라고 재촉했다.

“문 앞에서 우물쭈물하고 있었더니 할아버지가 나오셨어.”

슌이 대답했다.

“슈퍼볼이 들어갔다고 했더니 알아서 찾아가라고 해서 집에 들어갔어. 볼을 찾아 집에 오려는데 할아버지가 다시 나와서 야쿠르트 먹고 가래서.”

“그래서 집에 들어갔어?”

“응.”

야쿠르트에 낚이다니. 한심하다고 생각하면서 다시 아들을 달랬다.

“모르는 사람 집에 들어가거나 물건을 받으면 안 된다고 했을 텐데?”

“잘못했어.”

“엄마한테는 절대 말하지 마라. 보답해야 한다며 시끄러워질 테니까.”

“알았어.”

이 대답이면 됐다.

“야쿠르트, 맛있었어?”

“응, 큰 야쿠르트였어.”

“혹시 야쿠르트 1000? 마음이 넓으시네. 나도 받고 싶다.”

“다음에 같이 가자. 아빠도 받을지 모르잖아.”

“바보! 그런 한심한 짓을 하겠냐?”

혼나지 않는다는 걸 알아서 안심했는지 슌은 그 할아버지와 있었던 일을 적극적으로 이야기하기 시작했다.

“있잖아? 처음에는 좀 무서웠는데 이야기해보니까 안 그렇더라. 우리 집보다 훨씬 넓은데 혼자 살아! 외롭지 않을까? 가정부라는 사람이 일주일에 두 번씩 오는데 밥이 너무 맛없어서 매일 남겨야 해서 화가 난대. 된장국이 너무 짜서 먹을 수가 없대.”

“그 나이에 입맛이 참 까다롭기도 하다.”

“어깨가 뭉쳤다고 해서 내가 오래 주물렀어.”

스마트폰에 메시지가 들어왔다. 도모코였다. ‘밥이 없는데?!’라는 내용과 화난 이모티콘. 큰일났다. 홀랑 까먹고 있었다. 미안하다는 이모티콘을 보냈는데 ‘너는 이제 집에 안 와도 돼!’라는 답이 돌아왔다. 엄청나게 화가 난 모양이다. 최근 아내는 생활고에 더해 생리통이 심해져 늘 화가 나 있다. 아, 돌아가고 싶지 않다. 갈 데가 전혀 없지만. 도모코의 화를 어떻게 가라앉힐지를 생각하며 "그리고 말이야"라며 이어지는 아들의 이야기를 대충 흘려듣고 있었다.

"어깨를 잘 주무른다고 칭찬하면서 이걸 줬어."

"아이고, 잘됐네."

대충 대답하는 교이치에게 슌은 깡통 뚜껑을 벌컥 열어 안을 보여준다.

"봐. 이거야."

"응? 아, 그래, 그래……."

기껏해야 사탕이나 종이학이겠지. 힐끗 눈길을 준 순간 그 자리에서 얼어붙었다.

"너, 이거?"

"이 할아버지 누구야? 염라대왕? 알았다. 이거 부적이지? 휙 던지면 나쁜 괴물이 사라지지?"

"아니……."

왜 염라대왕이야? 아아, 그거? 긴 부채 같은 막대기를 들고 있어서? 들어보니 비슷한 듯도 하네. 아니지, 할아버지랑 염라대왕 모두 얼굴을 모른다. 깡통 안에는 슈퍼볼이나 매미 껍데기에 섞여 쇼토쿠 태자*가 그려진 1만 엔짜리 구권 지폐가 아무렇

---

* 일본 고대 아스카 시대의 왕족이자 정치가. 1958년부터 일본 1만 엔 지폐의 앞면 인물로 지정되었다.

게나 들어 있었다. 왜 이런 게? 지폐가 아니라 부적인가? 교이
치는 저도 모르게 그 종잇조각을 들어 올렸다. "내 거야!"라며
항의하는 슌을 무시하고 가로등 불빛에 비춰봤다. 진짜 지폐에
만 있다는 숨겨진 문양이 제대로 들어 있다. 그 외에 진위를 판
별할 방법은 전혀 모르지만 다이소에서 살 수 있는 장난감 돈
이 아님은 확실하다.

"아빠, 돌려줘!"

"안 돼."

"왜!"

"이건 애들이 가지고 있을 게 아니야!"

허리에 매달리는 아들의 머리를 밀며 내뱉었다. 교이치의 심
각한 표정에 슌도 겁을 먹는다.

"만약 엄마가 발견하면 엄청나게 화를 낼 거야. 아빠가 내일
할아버지에게 돌려줄 거야. 너는 이제 집에 가. 알았지?"

"응."

까딱 고개를 끄덕이는 아들에게 같이 고개를 끄덕여주고 데
리고 집에 돌아오자마자 교이치는 현관 앞에서 도모코에게 "잘
못했습니다!"라며 무릎을 꿇었다.

도모코가 밤에 다시 일하러 나가면 슌을 목욕시켜 재우고 설
거지 같은 잡일을 끝낸 다음에야 자유시간이 시작된다. 물론 하

루 대부분을 자유롭게 지내고 있지만 말이다. 이부자리 위에서 양반다리를 하고 청바지 주머니에 쑤셔 넣었던 구권 1만 엔 지폐를 펼친다. 아무리 봐도 역시 위조지폐 같지는 않다. 스마트폰으로 찾아보니 쇼토쿠 태자가 그려진 1만 엔 지폐는 1986년에 발행 중단되었다고 한다. 교이치가 태어나기도 전이니 당연히 슌은 모를 것이다. 아직 용돈을 안 주고 있고 평소 쇼핑도 스마트폰 결제가 대부분이라 지폐라는 개념 자체를 잘 모를 가능성조차 있다. 교이치 역시 실제로 만져보는 건 처음이었다. 아버지가 보여준 적은 있다.

―뭐냐? 이 녀석, 너 구권 본 적 없어? 그런가? 나도 여전히 후쿠자와 유키치*보다 이게 더 소중하게 여겨지더라. 봐라. 쇼토쿠 태자는 5천 엔 지폐도 있단다.

쓰지 않고 가지고 있다며 니토베 이나조**의 5천 엔 지폐와 이토 히로부미의 1천 엔 지폐 등을 꺼냈지. 500엔 지폐도 있었지. 그건 누구 얼굴이었더라. 거기까지 생각하다가 중단했다. 떠올리고 싶지 않은 기억까지 되살아날 듯하다.

무엇보다 슌이 의심하지 않고 물러난 게 다행이다. 쓰레기 처리장의 수백만 엔에 비하면 소소한 금액이나 하늘의 선물 같은 임시 보너스를 손에 넣었다. 1만 엔이라는 울림을 입속에서

* 일본 개화기 계몽 사상가.
** 일본 근대 농업 경제학자.

굴리고만 있어도 뭐라 표현할 수 없는 행복감이 펼쳐진다.

그런데 이거 쓸 수 있나?

또 스마트폰을 이용해 조사하니 자동판매기나 ATM기는 토해낸다고 했다. 현행 지폐와 바꾸려면 은행 창구에 직접 가야 한단다. 귀찮네. 과거 지폐는 전문점에 가면 액면보다 비싸게 거래될 때도 있다는 이야기를 떠올리고 그것도 찾아봤는데, 쇼토쿠 태자의 1만 엔 지폐는 유통량이 많아 희소가치가 없다는 결과가 나왔다. 지폐 번호에 따라 고액 매수도 가능하다는 기사를 발견하고 태어나서 처음으로 지폐 번호라는 걸 응시했으나 귀한 번호는 전혀 아니었다. 이건 그냥 낡은 단순한 1만 엔 지폐였다. 그래도 지금 교이치에게는 큰돈이다. 일단 담배를 사야지. 중식당에 가서 만두와 볶음밥, 그리고 맥주……. 아니다, 도모코에게는 "동료에게 빌려줬던 돈을 받아서"라고 둘러대고 셋이 패밀리레스토랑이나 야키니쿠 집에……. 그건 안 되겠다. "그렇게 낭비할 수는 없지!"라며 생활비로 돌릴 게 빤하다. 거품 같은 돈, 써버리면 그만인데. 숨을 쉬는데도 돈이 든다. 숨을 쉬기만 해도 병에 걸리기도 한다. 엄청난 세상이다.

옆 이불에서 잠든 슌이 크게 몸을 뒤척여 이불과 담요를 밀쳐냈다. 살그머니 다시 덮어주고 편안한 숨소리를 듣고 있자니 느닷없이 한심하다는 생각이 밀려온다. 실업자가 되어 아내를 밤낮으로 일 시키며 살고 있다. 슌의 게임기조차 중고거래로 팔아치웠다. 슌은 "어차피 아빠가 가지고 놀잖아"라며 불평하지 않았다. 뭐든 해야 한다는 생각은 있다. 스마트폰을 만지며 두세 시간씩 지내도, 해가 높이 뜬 시간부터 잠들 때까지도, 초조함과 죄책감이 사라지지 않는다. 아무도 믿지 않을 테지만 진짜다.

아들 머리맡에는 하토 사브레 깡통이 특별한 선물처럼 놓여 있다.

다음 날 아침, 슌에게 토스트와 삶은 달걀, 우유를 아침으로 먹이고 등교 집합 장소까지 데려다줬다.

"아빠, 오늘은 왜 따라와?"

집을 나오자마자 슌이 커다란 목소리로 묻는다. 아침에는 도모코가 깨지 않도록 세심한 주의를 기울이기 때문이다.

"어제 할아버지 집, 나한테 알려줘."

"염라대왕네?"

"응, 맞아."

"돌려주러 가면 아빠 혼나?"

걱정스럽게 올려다보는 아들의 말에 양심이 쓰렸으나 "괜찮아"라며 달래듯 머리를 쓰다듬는다.

"그 부적 말이야. 할아버지는 뭐라고 말했어?"

"어깨 주물러줘서 주는 용돈이랬어. 서랍장을 열고 꺼냈어."

노인네들의 서랍장 예금이란 말인가. 단순히 치매에 걸렸을 가능성도 있을 텐데 가정부를 고용한다고 했고 오래된 지폐를 쌓아두고 있다면 생활이 어렵지 않으리라고 예상한다. 그 집, 크고 멋지고.

"틀림없이 그 서랍장에 괴물을 봉인하고 있을 거야. 부적, 아직 잔뜩 있어."

"잔뜩이라니, 얼마나?"

"음…… 잘 모르겠는데 잔뜩."

슌과 손을 흔들며 헤어진 후 한동안 편의점에서 잡지를 읽으며 시간을 보내고 9시가 지나 어젯밤부터 여기라고 점찍어둔 담뱃가게로 향한다. 인터넷에서 '옛날 지폐는 가게에서 그냥 쓸 수 있는데 편의점의 젊은 직원은 잘 몰라 귀찮아질 수 있다'라는 글을 봐서 할머니가 혼자 운영하는 오래된 가게를 골랐다. 작은 유리 창문을 열고 늘 장식품 같은 자세로 등을 동그랗게 말고 있는 할머니에게 "럭키 스트라이크"라고 말한다.

"600엔."

"이걸로."

쇼토쿠 태자를 내미는 손가락이 긴장으로 떨릴 듯하다. 목구멍에서 뺨까지가 화끈거린다. 만약 이게 잘 만들어진 위조지폐라면 경찰이 출동하는 사태가 일어나고 나도 체포되겠지.

"엥?"

할머니는 지폐를 힐끗 보고는 얼굴을 찡그렸다. 심장이 단숨에 부풀어 오른다.

"잔돈 없어?"

"네."

"아침부터 1만 엔짜리를……."

투덜대면서 바로 앞의 헝겊 주머니를 뒤져 1천 엔짜리 아홉 장과 100엔 동전 네 개를 나무 쟁반에 올려놓았다. "고맙습니다." 최대한 싹싹하게 인사하는 자기 목소리가 뒤집힌 듯 들린다. 침착해. 그냥 1만 엔이잖아. 담배와 잔돈을 청바지 좌우 주머니에 쑤셔 넣는다. 쓰고 말았다. 얼마 뒤 위조지폐 소동이 벌어져도 내가 만든 것도 아니고 애가 받은 걸 모르고 쓴 거니까 죄가 되지는 않으리라고 자신을 다독인다. 그대로 담뱃가게 처마에서 두 대를 연달아 피우며 다음에 갈 곳을 정했다. 바로 그 할아버지 집에 가야 한다. 할아버지의 마음이 바뀔 수도 있고, 혼자 살고 있기는 하나 따로 사는 가족이 사정을 알고 돌려달라고 하는 사태가 벌어질지 모른다. 그 전에 이쪽에서 먼저 움직인다. 선수 치는 사람이 승리하는 법이다.

인사하러 가는 거라면 애가 신세도 졌으므로 선물 하나쯤은 필요하다. 근처 슈퍼로 가서 선물용 과자를 이리저리 살펴봤는데 선물로 2, 3천 엔을 날리는 건 너무 아깝다. 그렇다고 빈손으로 갈 수도 없어 진열대 앞에서 한참 고민하는데 문득 이거다 싶은 생각이 번뜩였다.

곧바로 집으로 돌아와 손가락을 깨끗하게 닦고 이도 닦고 어느새 한참 길어진 손톱도 깎는다. 담배 냄새가 아직 배어 있는지 점검하고 부엌에 선다. 찬장에서 다시마와 가다랑어포를 꺼내 냄비에 물을 넣고 다시마를 불린다. 한 시간쯤 기다려 불을 켠다. 처음에는 중불, 어느 정도 따뜻해지면 약불로 은근하게 끓인 후 다시마를 건져내고 마저 끓이고 불을 끈다. 다시 가다랑어포를 넣고 물을 더 붓고 끓이며 불순물을 제거……. 오랜만에 하는 작업인데 몸이 저절로 움직였다. 키친타월로 국물을 거르면 옅은 황금색의 맑은 국물만 남는다. 수백 번 맡았는데도 맡을 때마다 너무나도 고급스러운 향임을 절감한다. 왜 담배 같은 걸 피웠을까. 이 순간만큼은 그 사실이 너무나 이상하다.

밑 국물에 소금과 싱거운 간장을 더해 간을 낸다. 애써 낸 국물의 풍미가 죽지 않도록 아주 소량이어야 한다. 슌의 이야기를 들어보면 심심한 간을 좋아하는 할아버지이므로 자신이 생각하는 최선의 반 정도의 간으로 하고 마지막에 일본주를 첨가했다. 조그만 그릇에 덜어 간을 보니 정말 너무나 맛있었다. 감칠맛이라는 게 이런 맛이리라.

슌이 여름철에 사용한 보온병에 완성한 맑은 국물을 넣고 목적지에 도착하니 문기둥에 '사타케'라는 문패가 달려 있다. 대문은 없고 평평한 돌이 미닫이문 현관까지 이어져 있다. 괜찮

아. 침착해. 할 수 있어. 여러 번 심호흡하고 인터폰을 누르고 잠시 기다렸으나 응답이 없다. 외출했나? 머릿속으로 이십까지를 세고 다시 누르자 이번에는 바로 "누구세요?"라는 소리가 들려왔다. 무뚝뚝한 목소리에 살짝 겁을 먹었으나 최선을 다해 상냥하게 말을 꺼냈다.

"갑자기 찾아뵙게 되어 죄송합니다. 이 근처 고다마 코포에 사는 우라베 교이치라고 합니다. 어제 제 아들이 신세를 졌다고 해서⋯⋯."

"아아."

그래서 어쩌자는 거냐고 묻기라도 하는 듯한 부루퉁한 말투였다.

"죄송하기도 하고 감사하기도 해서 인사차 찾아뵀었습니다."

됐다고 거절하면 얌전히 물러날 생각이었다. 그런데 의외로 "문 열겠네"라는 답이 돌아와 보온병을 들고 살금살금 마당에 들어갔다.

"안녕하세요. 실례하겠습니다⋯⋯."

잠겨 있지 않은 미닫이문을 열었더니 현관 턱에 노인이 걸터앉아 있었다. 위아래로 보풀이 잔뜩 일어난 트레이닝복을 입고 그 위에 전통 의복을 걸치고 지면을 뚫고 나온 듯한 지팡이를 두 손으로 잡고 있다. 두발은 거의 남지 않은 대신 새하얀 눈썹만은 이상할 정도로 풍성한 얼굴을 보자마자 내심 영 잘 안 풀리겠다고 생각했다.

"아, 안녕하세요."

"무슨 용건이지?"

"어제, 제 아들이……."

"그 말은 아까 들었어."

아무래도 상당히 고집스러운 노인네인 모양이다. 하기는 슌도 처음에는 무서웠다고 했지. 교이치는 미소를 유지하려고 노력하며 말했다.

"아니, 그거 말고도 야쿠르트를 얻어먹은 데다 그 많은 돈을 받아서…… 좀 놀랐습니다."

안색을 살피며 슬쩍 속을 떠봤는데도 사타케의 표정에는 변화가 없었다.

"아내와 돌려드려야 한다고 얘기하고 있는데 잠깐 딴눈을 파는 사이에 아들 녀석이 불장난하다 지폐를 태워버렸습니다. 죄송합니다!"

허리를 깊이 숙이고 큰 목소리로 사죄한다.

"교환하기도 힘들 정도로 타버려서요. 부끄럽지만 저희가 변상할 형편도 아니라……. 저, 이거, 별거 아니지만 사과의 의미로 만들어 왔습니다. 맑은 국입니다."

"뭐?"

고개를 숙인 채 정중하게 보온병을 내밀자 비로소 사타케의 말투가 변했다.

"된장국이 짜다고 하셨다는 말씀을 들어서요. 성의로."

아이디어가 떠오른 순간에는 기막힌 생각 같았는데 지금 냉정을 되찾고 보니 아무리 생각해도 자신이 너무 수상하다. 그러나 이미 와버린 이상 돌이킬 수 없다. "필요 없어. 돌아가"라고 내칠 줄 알았는데 이번에도 역시 사타케는 의외로 보온병을 받았다.

"1만 엔은 괜찮아. 100엔쯤 주려고 했는데 가지고 있는 돈이 없었어. 반쯤 장난으로 지폐를 보여줬는데 어리둥절한 표정을 짓더군. 그렇지. 모르는 사람에게는 종잇조각이나 마찬가지지. 그게 우습기도 해서 그냥 준 거야. 코를 닦든 종이학을 접든 내가 뭐라고 할 일은 아니지."

"고맙습니다."

교이치는 속으로 '앗싸'라고 외쳤다. 이로써 9천 400엔은 명실상부 자신 것이다.

"일부러 사과까지 하러 오다니 감탄했어"라며 추가 1만 엔을 받는다는 기대까지 생겨 슬쩍 사타케를 올려다봤는데 그가 말을 걸어왔다.

"부탁 하나 할까?"

"무슨 일인데요?"

"도시락 사다 주겠나? 나고미테이의 오늘의 정식. 밥은 적게."

여기서 걸으면 삼십 분 정도 걸리는 일본식 패밀리레스토랑 체인점이었다.

"매일 산책 삼아 사러 가는데 어젯밤 목욕탕에서 미끄러져 발목을 삐끗했어. 오늘 아침, 바로 옆 편의점 ATM기까지 가는데도 아주 혼이 났지."

그래서 인터폰을 받을 때까지 시간이 걸렸나. 어차피 한가하니 심부름 정도는 못 할 이유도 없는데.

"배달시키면 되잖아요. 하는 방법을 모르시면 제가 대신 해드릴게요."

"그 정도는 알아. 거기는 배달도 직원들이 직접 하잖아. 이 바쁜 점심시간에 달랑 도시락 하나로 사람들을 번거롭게 하기가 미안해서 그렇지."

사타케는 트레이닝복 바지 주머니에서 1천 엔짜리 두 장을 꺼내 교이치에게 내밀며 말했다.

"자, 부탁 좀 하겠네."

순간 2천 엔만 받고 튈까 싶었는데 보온병을 회수하지 못하면 도모코가 화를 낼 것이다. 교이치는 시키는 대로 도시락을 사러 갔다. 지나치는 길의 편의점이나 음식점은 점심시간을 즐기는 회사원이나 건설 현장 인부, 택시 운전사들로 북적였다. 다들 아무 일 없는 듯 일하고 있구나. 아무 일도 없지는 않았을 텐데 모두 다 타격이 없어 보이는 건 왜일까. 자신만 남겨놓고 시곗바늘이 돌아가고 달력이 다음 달로 넘어간다. 자신은 도대체 뭔가 하는 죄책감에서 도망치려고, 물론 될 리 없는데도 교이치는 눈을 내리깔고 발걸음을 최대한 빨리 움직였다.

사타케의 집으로 돌아와 "사 왔어요"라고 목소리를 높이자 "들어오게"라는 대답이 돌아왔다. 사타케는 슌도 들어갔다는 거실 고다쓰에서 텔레비전을 보고 있었다. 그래서는 안 된다고 생각하면서도 눈길이 바로 낡은 서랍장으로 끌려갔다. 저 안 어딘가에 수많은 쇼토쿠 태자가 있다.

"추웠지? 잠시 몸을 녹이게."

도시락을 고다쓰 위에 놓자, 노인은 조금 부드러워진 목소리로 감사 인사를 건넸다.

"덕분에 살았어. 고맙네."

그렇구나. 말해보니 무섭지 않았다는 게 이런 거구나. 다시 슌의 이야기가 떠올랐다.

"맑은 국, 맛있었네. 잘 먹었어."

"어? 벌써 드셨어요?"

"응. 도시락 오면 같이 먹으려고 했는데 배가 고파서 못 참고."

사타케 앞에 놓인 보온병을 들어보니 확실히 가벼웠다.

"제대로 된 다시마와 가다랑어포로 국물을 냈더군. 혹시 말린 참치포도 넣었나?"

"맞습니다."

교이치는 저도 모르게 고다쓰 위로 몸을 내밀며 대답했다.

"고급 다시마와 가다랑어와 참치를 혼합한 포를 썼죠. 아주 고급이라니까요. 알아주셔서 정말 기쁩니다."

가끔은 괜찮은 걸 먹이고 싶어서 반년쯤 전에 큰맘 먹고 샀는데 아내는 영수증을 보고는 "비싸!"라며 격노했고 슌은 "난 해피 세트가 더 좋아"라며 시큰둥한 반응을 보여 의욕을 잃고 찬장에 처박아두었다.

"자네가 만들었나?"

"아, 네. 그래도 조리사 자격증을 가진 사람이라서요. 사타케 씨는 식도락가세요?"

"이 나이 되면 먹는 게 낙인 법이지. 그래서 더 처량해졌지만."

사타케는 도시락을 깨끗이 비우고 화장실에 가겠다며 오른발을 감싸며 일어섰다.

"같이 가드릴까요?"

"괜찮네."

교이치는 거실에 혼자 남게 되자 슬쩍 서랍장으로 다가가 여섯 개의 서랍을 위에서부터 열어봤다. 첫 번째에는 옷과 속옷이 나름 깔끔하게 정리되어 있었다. 두 번째는 약상자와 낡은 연하장 다발, 가전 보증서. 그리고 세 번째 서랍 손잡이에 손가락을 걸어 연 순간 숨을 삼켰다. 쇼토쿠 태자가 그려진 1만 엔 지폐다. 감춰두지도 않고 띠지를 두른 상태로 다섯, 여섯 다발……

이나 있다. 슌이 말한 대로다. 자신의 현실과 너무 동떨어진 풍경에 놀라 고막까지 부르르 떨렸다. 대박! 쓰레기 처리장에서 현금 다발을 발견한 청소부도 이런 기분이었을까. 이걸 잔뜩 품에 안고 도망칠까 싶었는데 아무래도 전과가 생기는 건 무섭다. 그저 조금이라도 얻어 갈 수 없을지 기대할 뿐이다.

교이치는 흥분을 억누르며 다시 고다쓰에 앉아 있다가 사타케가 돌아오자마자 아무렇지 않은 얼굴로, 그러려고 최대한 노력하며 일어나며 말했다.

"그러면 이제 돌아가보겠습니다."

"보온병 아직 안 씻었는데."

"아, 됐습니다. 괜찮아요. 돌아가서 제가 할게요."

"그래? 미안하게 됐네. 아, 잠깐만!"

"네?"

왔다! 주책없이 풀어지려는 입가를 필사적으로 당기고 있는데 사타케는 다시 바지 주머니를 뒤져 1천 엔짜리 두 장을 내밀었다.

"심부름값이야. 받게."

"네? 아, 네. 그럼 부끄럽지만 받겠습니다."

아니 왜 슌은 1만 엔이고 나는 2천 엔이란 말인가. 아니다. 받은 게 어디야? 운이 좋았어. 상반되는 마음이 가슴속을 오가 입을 다물었다.

“그리고 말이야. 혹시 시간이 있으면 부탁해도 될까. 다시 도시락을 사다 줬으면 좋겠어. 그리고 오늘처럼 한 가지씩 만들어다 주면 2천 엔을 내지. 뭐든 괜찮아.”

아르바이트로 나쁘지는 않겠다는 생각이 들면서도 아직 가격 교섭이 가능할까? 사타케의 안색을 살피고 있는데 마음을 꿰뚫어 본 듯 “싫으면 됐네”라고 말해 교이치는 얼른 하겠다고 손을 들었다. 뭐든 괜찮다고 했으므로 집에 있는 재료로 대충 만들면 되겠지. 닷새를 연달아 하면 1만 엔이다.

“그래? 그렇다면 내일도 같은 시간에 오게.”

“알겠습니다.”

집에 돌아와 보온병을 열어보니 국은 한 방울도 남아 있지 않았다. 그 노인이 남김없이 먹었다는 사실에 기분이 좋았다. 사용한 다시마와 가다랑어포로 다시 국물을 내고 건져낸 다시마와 가다랑어포를 잘게 썰어 넣어 밥을 지었더니 슌과 도모코도 좋아하며 먹었다.

그날 밤, 잠자리에 누워 트위터를 열었는데 ‘상속인 없는 유산의 향방은?’이라는 제목의 뉴스가 눈에 들어왔다. 늘어난 독거노인이 유언장도 작성하지 않고 사망해 국고로 들어오는 유산이 해마다 늘어나고 있다는 내용이었는데 ‘특별 연고자’라는 단어에 교이치의 동공이 크게 확장했다. 육친이 아니더라도 평소 노인을 돌봤다면 재산 분배의 대상으로 인정되는 경우가 있다는 것이다. 바로 나잖아! 이대로 계속 사타케 씨의 집을 드나들면 그 많은 쇼토쿠 태자의 일부를 받을 수 있을지 모른다. 만약 마음에 들면 유언장 맨 끝에 이름을 넣어줄 가능성도 제로는 아니다. 너무나 불확실한 희망일지언정 복권보다는 높은 확률일 것이다. 느닷없이 의욕이 솟구쳤다. 특별 연고자가 되고 말 테야!

그 이후, 교이치는 사타케의 집을 드나들게 되었다. 가정부가 오는 날을 피해 일주일에 서너 번, 시금치나 우엉 무침을 챙겨서 오늘의 도시락을 가져간다. 사타케는 교이치의 반찬을 칭찬하는 날도 있었으나 "너무 익혔어. 씹는 맛이 부족해" "간장을 넣을 때 망설이면 맛도 애매해져"라고 지적하는 날도 있었다. 매번 너무나 정확한 지적이라 이상하게 화가 나지 않았다. 다만 이토록 예리한 미각을 지니고 있으면서 왜 매일 체인점 도시락을 먹는지 이해가 되지 않았다. 나고미테이는 교이치도 가본 적 있는데 좋지도 나쁘지도 않은 평범한 맛이었다. 일단 본인에게 직접 물었더니 "안심이 돼"라고 대답했다.

"자네 말대로 대단한 음식은 아니지. 칠십 점 정도일까. 언제나 칠십 점. 그게 딱 좋아. 그저께는 구십 점이었다가 오늘은 오십 점이면 손님이 오질 않아. 매일 칠십 점의 맛을 내는 일은 매뉴얼이 있더라도 쉬운 일은 아니니까."

"그런가요."

교이치 본인도 컨디션이나 날씨에 따라 미묘하게 미각이 달라져 '늘 같은 맛'이 흔들릴 때가 있다. 그래도 솔직히 인정하는 게 왠지 억울한 느낌이 들어 고개를 갸웃거리고 있으니 사타케는 응석을 부리는 애라도 보는 양 쓴웃음을 흘렸다.

일단 2천 엔은 며칠에 한 번 담배를 살 때 외에는 쓰지 않고 봉투에 담아 속옷을 넣어두는 서랍장 밑에 보관했다. 그러고 보니 그렇게 물욕이 많지 않네. 품에 얼마 안 되는 돈이 들어오자마자 꿈에서라도 깬 듯 깨달았다. 손에 쥔 돈이 없을 때는 그렇게 술이나 파친코가 그리웠는데 지금은 안 해도 그만이다. '하고 싶기는 한데 할 수 없다'라는 불만이 '하고 싶은데 불가능하다'라는 갈망으로 바뀌었을 것이다. 그보다는 얼른 데친 채소를 건지는 타이밍이나 소금 한 줌을 더 넣을지 말지를 가늠하는 시간이 즐거웠다. 다시는 돌아오지 않으리라 생각했던 그리운 감각이었다.

섣달그믐날 저녁. 도모코와 싸웠다. "택배 송장을 버릴 때는 잘게 찢어버리거나 주소를 가리는 스탬프를 찍어야 한다"라는 사소한 잔소리를 계기로 "그러면 네가 하면 되잖아?" "당연히 한가한 사람이 해야지!" "난 별로 걱정되지 않아" "개인 정보라고! 기분의 문제가 아니라!"라는 식으로 말싸움으로 발전해 멈출 수 없었다. 피차 하필 기분이 나쁠 때였고 슌이 처가에서 지내는 바람에 정신적 스트레스를 막아주던 안전장치가 사라진 탓도 있을 것이다.

"집 안에서 빈둥대는 당신과 달리 난 일하고 있다고! 오늘도 복통이 심한데도 내일 새벽까지 일해야 한단 말이야?"

도모코는 끝내 울부짖고는 대충 화장하고 나가버렸다.

"젠장!"

교이치는 다다미에 대자로 뻗어 혼잣말을 내뱉는다. 크리스마스는 분위기가 꽤 좋았는데. 도모코가 아르바이트하는 편의점에서 싸게 사 온 치킨과 케이크를 먹고 아들에게 줄 산타 선물도 준비했다. "망원경. 양쪽으로 볼 수 있는 거"라고 해서 아주 작은 싸구려 쌍안경을 사서 머리맡에 놓았다. 슌은 잔뜩 신나 하토 사브레 깡통에 쌍안경을 넣고 틈만 나면 꺼내 들여다봤다. "엄마 얼굴이 아주 잘 보여"라는 말에 "모공이 보여. 그만해"라고 웃던 아내가 험악한 표정으로 집을 나갔다.

스마트폰을 봐도 텔레비전을 봐도 기분이 풀리지 않아 서랍장에 감춰둔 비상금을 들고 나가기로 했다. 혼자 집에 있어봤자 비참할 뿐이다. 문을 연 술집에라도 들어가 따뜻한 술이라도 마시며 울분을 달래자. 평소보다 한산한 역 앞에서 가게를 찾고 있는데 빨간 등을 내건 간판 너머에서 들려오는 웃음소리에 신경이 거슬려 들어갈 수 없었다. 그렇다고 이대로 집에 가자니 왜 나왔나 싶다. 어슬렁거리던 교이치는 이끌리듯 한 해의 마지막 날이라 북적이는 슈퍼마켓에 들어갔다. 새해용 떡과 술안주가 빼곡하게 진열된 가게에서 인삼과 미나리, 닭고기 등을 장바구니에 넣는다. 말린 표고버섯과 무는 집에 있으니까……. 아, 유자도 있구나. 그리고 적당히 좋은 일본주……. 720밀리리터 병 정도면 될까.

적막한 집으로 돌아와 부엌에 섰다. 재료를 자르고 국물을 내 재료를 넣고 간을 한다. 딱히 특별할 게 없는 순서를 담담하게 지켜나가다 보니 마음에 불던 바람이 잔잔해진다. 완성한 음식을 보온병에 담아 다시 외출했다.

부르지 않았는데 사타케 씨의 집에 가는 건 처음이었다. 어제 갔을 때 "다음은 새해 4일에 부탁해"라고 했다. 게다가 밤이다. 느닷없게 여겨질 두 가지 요소에 고민했으나 싫다고 하면 돌아오면 그만이라고 자신을 다독였다. 집에는 불이 켜져 있었다. 인터폰을 누르고 "안녕하세요"라고 인사하니 "열려 있어"라는 대답이 바로 돌아왔다.

"밤에도 문을 안 잠그다니 너무 위험해요!"

"이제 잠그려고 했어."

"낮에도 잠그세요. 시골집도 아닌데."

"거참 시끄럽네. 무슨 일인데?"

"조니*를 만들어 왔어요. 드실래요? 아, 술도."

"자네, 그야……."

사타케는 가볍게 눈을 감고 "좋지"라며 고개를 끄덕였다. 여전히 살풍경한 거실에 새해 분위기라고는 찾아볼 수 없는 가운데 텔레비전 속 연말 가요제가 오히려 쓸쓸함에 박차를 가했다. 교이치의 집과 큰 차이가 없는데도 노인이 여기서 고독한 새해를 맞는다고 생각하니 어쩐지 애달프다. 사타케가 내놓은 국그릇에 조니를 담고, 랩을 씌워 온 유자 껍질을 곁들이자마자 상쾌한 감귤향이 감돌았다.

"이봐. 떡은?"

"목에 걸려 돌아가시면 무서워서요."

"걸리겠어? 나 아직 일흔다섯이야."

"아뇨. 걸리는 적령기는 알 수 없죠."

후기 고령자이므로 충분히 위험할 것이다. 사타케는 "떡 없는 조니라니……"라고 투덜대면서도 한 모금 넘기고는 만족스러운 듯 흐뭇한 표정을 지었다. 그 표정에 안도하다가 퍼뜩 깨달았다. 맞다. 나, 유산 상속을 원하지? 떡을 사 왔어야 했나? 그러나 한 달도 안 되는 실적으로는 아무래도 무리겠지.

"사타케 씨, 놀러 올 사람 없어요? 새해잖아요."

---

* 일본에서 새해에 먹는 떡국과 비슷한 전통 음식.

"외톨이 노인에게 참 무신경한 질문을 던지네. 난 천애 고아야. 그러는 자네야말로 그 꼬마는 어쨌어?"

"이 년 만에 외가에 놀러 갔어요."

"혼자 집을 지키려고 하니 외로웠어?"

"아뇨. 아내는 여기 있어요. 지금은 일하고 있죠."

"섣달그믐날에?"

"연중무휴인 콜센터라."

"힘들겠구면."

뜻밖에도 친절한 말투로 중얼거렸다. 그러나 남편 교이치가 남의 집 고다쓰에 들어가 술을 홀짝이고 있는 걸 나무라지는 않았다. 교이치는 술잔을 들어 술을 털어 넣고 화끈 달아오른 목구멍으로 "싸웠어요"라는 말을 흘렸다.

"무슨 일로?"

"시작은 아주 사소한 일이었어요. 문제는 제가 일하지 않는다는 거죠. 아내는 콜센터와 편의점에서 일하는데."

"부인이 화내는 것도 당연하네."

"그렇죠?"

다 안다. 술을 찰랑찰랑할 정도로 잔에 따라 입에 댄다.

"일하지 않는 사정이라도 있나?"

"세상이 그렇게 만들었죠. 조리사 전문학교를 나와 줄곧 일한 가게에서 구조조정당했어요. 남들처럼 할 수 있는 일이라고는 요리밖에 없는 사람이니 다른 음식점을 찾아야 하지 않았겠어요? 그런데 바로 긴급 사태 선언이라는 게 계속 떨어지니……. 가게도 최대한 베테랑만 남기려고 하고. 악순환이었죠. 결국은 다 싫어졌어요.”

“그래도 최근에는 꽤 정상으로 돌아오지 않았나? 더는 영업 시간을 단축하라고 요란 떨지도 않으니 차분히 일할 곳을 찾을 수 있을 텐데.”

“그러게요.”

얼렁뚱땅 넘기듯 대답하고 단숨에 술을 들이켰는데 고다쓰에 뺨을 내려놓으며 침몰했다.

“이봐, 잠들지 마.”

“안 자요. ……저는 처음 일한 가게가 정말 좋았어요.”

요정이라고 부를 만큼 고급은 아니었으나 일반 음식점보다는 정갈한 전문 음식점이었다. 어설펐던 교이치가 현장 일을 하나하나 배우고 단련한 곳이었고, 카운터석에 앉은 도모코와 처음 만난 곳이기도 했다. 교이치는 가게 주인을 아버지라 부르며 따랐다. 사이가 나쁜 부모 밑에서 온갖 불화를 겪으며 자란 교이치에게 아버지는 특별했다. 가게를 위해, 아버지를 위해 열정을 쏟는 일이 조금도 힘들지 않았다. 그랬는데.

“아버지의 조카라는 사람이 들어왔어요……. 다른 데서 수련했다는데 별로 대단치 않더라고요. 요리 솜씨나 플레이팅까지 제가 다 나았어요. 아무도 없으면 주방에서 담배를 피우고 싱크대에 담뱃재를 터는 것도 봤어요. 두들겨 패고 싶었으나 참았어요. 고자질도 안 했고요."

이런 녀석에게 내가 질 리 없어, 아버지는 알아줄 거야, 그렇게 믿었다. "교이치, 정말 미안하네. 그래도 내 마음만은 알아주게." 그렇게 말하며 고개를 숙이는 아버지의 모습을 보게 된 그날까지는.

―자네 솜씨라면 어디서든 잘 해낼 거야. 그러나 저 녀석은…….

무슨 소리야? 나는 "저 사람에게는 내가 없으면 안 되니까"라는 말로 버려지는 거야?

"연고라는 거죠. 듣기 싫어요. 전 정말 싫어요. 연고라니. 정말 화가 나요. 이른바 인맥이죠. 녀석은 아버지와 피가 통해서 잘리지 않았어요. 아무리 아껴도 어차피 나는 남인 거죠. 당연한 일이겠죠."

그 당연함을 이해하지 못하고 아버지의 후계자는 자기밖에 없다고 믿어 의심치 않았던 자신의 태평함이 증오스러웠다. 아버지보다, 그 녀석보다. 담배 일을 끝내 말하지 않은 이유는 말했는데도 아버지가 혈연을 선택하면 너무 비참할 것 같았기 때문이다.

"정말 어이가 없죠."

그래, 그랬어? 힘들었겠네. 이거나 받게. 품고 있는 돈다발을……. 가볍게 취한 와중에도 기막힌 망상이 떠올랐는데 현실에서는 한숨과 함께 따끔한 말이 떨어져 내렸다.

"그 정도로 풀이 죽었어? 애송이네."

"네?"

벌떡 상체를 일으켜 반론을 제기하려고 사타케와 대면했는데 한 번도 본 적 없는 예리한 눈빛에 겁먹고 말았다.

"아껴주더니 해고했다. 그런 발상 자체가 은혜를 모른다는 거지. 아꼈는데 어쩔 수 없이 해고할 수밖에 없었다는 게 진실이겠지. 얘기하는 쪽도 힘들어. 자네에게도 아들이 있으니까 그 주인의 마음을 알 텐데. 부인도 자네의 억울함을 알기에 참고 가장 역할을 도맡고 있겠지. 그야말로 연고 때문이지. 인연으로 부부가 되어 최선을 다해 자네를 돕고 있어. 그렇게 한없이 응석 부리다가는 진짜 연고자에게 버림받을 거야."

다 옳은 말이라 더 화가 났다. 그러나 사실은 이렇게 누군가에게 혼나고 싶었던 것도 같다. 교이치가 잠자코 있으니 사타케는 거실 구석에 놓여 있던 종이 상자에서 귤을 여럿 꺼내 교이치에게 차례로 던졌다.

"뭡니까?"

"고향세* 선물로 받았어. 나 혼자는 다 못 먹어. 그러니까 어

---

* 납세자가 거주지 외의 지자체에 기부하고 세액 공제와 답례품을 받는 제도.

서 가져가서 부인에게 줘. 새해에는 조니와 귤을 먹어야지."

"……귤 정도로는 화가 안 풀릴 거예요."

"나야 알 바 아니고. 그런 건 남편 몫이지."

그보다 세뱃돈이나 주지.

"이렇게 많이는 필요 없어요."

교이치는 차가운 귤을 양손으로 안고 웃었다.

"그리고 말이야."

사타케가 무슨 말을 하려는데 교이치의 스마트폰이 울렸다. 발신자는 아내였다.

"아, 잠깐만요. 죄송합니다."

"그래."

이제까지 일하면서 전화한 적은 한 번도 없었다. 도모코는 냉정을 되찾고 "아까는 말이 심했어. 미안해"라고 말할까, 아니면 냉정을 되찾아서 "이제 더는 못 하겠어. 헤어지자"라고 말할까. 아무래도 후자일 것 같다. 복도로 나가 두려움에 떨고 있는데 벨이 계속 울렸다. 지금 통화 안 하면 안 될까.

"뭐 하고 있어? 시끄러우니까 받을 거면 얼른 받아."

"아, 네. 받아요."

사타케의 재촉에 포기하고 통화 아이콘을 터치했다.

"……여보세요?"

"여보? 미안해."

도모코의 목소리가 너무 약했다. 심상치 않은 상황임을 알아차리고 목소리를 죽이고 물었다.

"왜 그래?"

"지금 병원에 있어. 회사에서 복통이 너무 심해져서 쓰러져 구급차에 실려 왔어."

예상과는 완전히 다른 이야기였다. 발끝부터 냉기가 빠르게 올라왔다.

"어쩌다가?"

"아마도 자궁 근종일 거야. 요즘 빈혈과 생리통이 심했잖아. 전부터 근종이 있는 건 알았어. 그렇게 크지 않다고 상황을 지켜보자고 했는데 지난 몇 년 병원에 못 간 사이 커졌나 봐."

"그래……? 고칠 수는 있고?"

"수술로 잘라내면 돼. 그런데 연말이라 바로 검사하고 수술할 수 없어서 조금 시간이 걸린대. 일단 회사 사람들이 곁을 지키며 잠옷이랑 갈아입을 속옷도 마련해줬어. 내일, 다른 용품 좀 가져다줄래? 매점도 새해 휴무라 내가 어쩔 수가 없어."

"알았어."

"하필 이럴 때 미안해. 필요한 용품과 병원 이름은 메시지로 보낼게. 슌은 개학할 때까지 친정에 맡겼어."

"응."

"미안해."

"아냐. 당신 탓이 아니잖아. 일단 오늘은 푹 쉬어."

"아니야……."

도모코는 아주 낮게 훌쩍이기 시작했다.

"여보! 도모코! 무슨 일 있어?"

"빚이 있어."

차가운 혈액이 순간 모래로 변해 사르륵 떨어지는 느낌이었다. 현기증이 난다.

"슌이 초등학교에 올라갈 무렵 여러모로 긴급한 지출이 생겨서……. 부모님에게는 이미 빌려서 더는 말을 꺼낼 수 없어서 20만 엔을 빌렸어. 바로 갚으려고 했는데 도무지 갚질 못해서 점점 늘어났어. 지금은 150만 엔이야."

"그런 건 신경 쓰지 마."

이 사태의 원흉으로서 그 말밖에 할 수 없었다.

"그리고 지난 두 달은 임대료도 못 내서 관리회사의 독촉을 받고 있어. 퇴거하라고 할지도 몰라. 너무 무서워서 당신한테 말하지 못했어. 미안해……. 일해야 하는데……. 나, 의료보험도 없어서 병원비가 엄청날 텐데……."

"괜찮아. 잘될 거야."

도모코의 말을 가로막은 이유는 잘될 자신이 있어서가 아니라 더 듣는 게 무서워서였다.

"그래도."

"고민한다고 해결될 일도 아니야. 지금은 편안히 쉬기만 해. 알았어? 내일 내가 갈게. 그럼 잘 있어."

전화를 끊는다. 손발이 동시에 떨리기 시작했다. 빚이라는 중압감과 지금까지 아내에게만 무거운 짐을 지게 하고 태평하게 지낸 자신의 한심함에. 요즘 낯빛이 확연히 안 좋았던 것도, 심하다 싶을 정도로 자주 취침용 생리대를 산 것도, 자꾸 한숨을 쉬는 것도 못 본 척했다. 입 밖에 꺼내면 불운과 불행이 확정될 것 같았다. 도모코를 병원으로 보낸 사람은 바로 자신이다.

교이치는 장지문을 열고 사타케 앞에 쓰러지듯 엎드렸다.

"이봐. 무슨 일이야?"

"돈, 좀 빌려주세요."

"뭐?"

"아내가 병으로 입원했다는 전화예요. 돈이 필요해요."

"바보 같은 소리 말게."

사타케는 단칼에 거절했다.

"자네가 일하는 게 순서지. 왜 내게 돈을 빌릴 생각부터 해?"

"물론 일할 겁니다. 그렇지만 아들도 돌봐야 하고 월세도 밀려 있고 빚도……. 일단 최대한 빨리 목돈이 필요합니다. 부탁드릴게요. 꼭 갚을게요."

고다쓰 밑에 깔린 러그에 불이 붙을 정도로 이마를 대고 문지르며 간청했다. 사타케는 된다는 말도 안 된다는 말도 하지 않는다. 침묵이 이어질 뿐이다. 조심스럽게 고개를 들었는데 팔짱을 낀 노인의 눈빛에서는 어떤 감정도 느낄 수 없었다.

"저……."

"거절하겠네. 없는 돈을 내놓을 수는 없잖은가. 그리고 우리 집에 남아도는 돈은 없어."

"그건, 그렇지만, 아니."

교이치가 허공에서 눈을 굴렸다.

"돈을 쌓아놓고 있으면서 안 빌려준다고 생각하나?"

차가운 칼날 같은 질문이 날아들었다.

"처음 우리 집에 왔을 때 집을 뒤졌지? 다 알고 있었어. 자네 같은 얄팍한 사람을 수없이 봐왔어. 교활한 눈을 데굴데굴 굴리지. 그래도 근본이 나쁜 사람은 아닌 것 같아서 정을 좀 줬더니 바로 거만해져서. 부끄러운 줄 알아. 가정부와 한패인가?"

"네?"

무슨 소리지? 되물을 틈도 없이 귤이 날아왔다.

"유감이네. 돈이라면 이미 다른 데로 옮겼어. 얼른 내 집에서 나가."

"아니, 잠깐만요! 가정부라니 무슨 말입니까?"

"시끄러워! 계속 죽치고 있으면 경찰을 부를 거야!"

다시 귤을 던질 태세라 교이치는 다운을 옆구리에 끼고 도망쳐 나올 수밖에 없었다. 운동화를 꺾어 신고 구르듯 밖으로 나와 돌아보니 간유리 너머로 사타케가 문을 잠그는 게 보였다. 철커덕 소리가 조그맣게 울린다. 그러고 보니 다친 발목도 다나았구나. 뭐야? 그렇게 화낼 일은 아니잖아? 하기는 당신 말대로 속물적인 목적으로 아첨했다. 얄팍하고 교활하지. 그래도 당신에게 요리를 칭찬받을 때마다 기뻤던 감정은 거짓이 아니었어. 당신이 오늘도 혼자 지낸다고 생각하니 안타까웠던 것도 사실이야. 정말이야.

특별하지는 않더라도 그게 인연 아닌가?

이제까지 살아오던 중 최악의 섣달그믐날이다. 부모가 느닷없이 싸우기 시작해 갈 곳을 못 찾아 전봇대 옆에 쭈그려 앉아 있던 날보다. 좋아하는 여자와 새해를 함께 맞자고 제안했다가 거절당한 날보다. 전에 일했던 가게가 '힘든 상황 속에서도 따뜻한 손님들과 든든한 직원의 도움으로 이겨냈습니다'라는 글과 함께 단체 사진을 SNS에 올린 걸 본 날보다. 가슴이 찢어질 듯 아픈 기억을 정신없이 떠올리며 걷고 있는데 십자로에서 일시 정지를 무시하고 달려든 SUV에 하마터면 치일 뻔했다. 무슨 짓이야? 저 멍청한 놈! 자기도 모르게 욕설을 내뱉은 교이치의 앞을 차가 천천히 지나갔다. 그게 더 자신을 놀리는 듯 느껴졌다. 나를 우습게 보네. 우습게 보는 게 당연하지. 지금 이 자리에 도모코가 있었다면 "치이지 않아서 다행이야"라고 말해줬겠지. "나쁜 일이 있을 때는 액땜했다고 생각하면 돼." 이 말이 아내의 말버릇이다. 그토록 밝은 아내를 자신이 궁지로 몰았다. 교이치는 아무도 없는 자기 집의 어두운 창문을 올려다보며 인생에서 가장 황망한 심정에 사로잡혔다.

이런 상황에도 완전히 곯아떨어지는 자신이 너무 한심했다. 혼자 새해를 맞이하고 연중무휴인 슈퍼마켓에서 도모코가 일러준 입원 용품을 이것저것 갖췄다. 봄맞이 영상부터 가게 안에 흐르는 우아한 배경음악까지 다 신경에 거슬렸다. 병원에 갔으나 면회 제한이니 뭐니 해서 간호사 대기소에 짐을 맡기고 물러나야 했다. 도모코가 보낸 메시지에 따르면 상태는 안정적인 듯했다. '새해라 제법 괜찮은 식사가 나왔어'라는 메시지와 함께 사진까지 첨부해 보내왔다. 교이치의 괜찮을 거라는 말을 진심으로 받아들이지는 않았겠으나 조금 기운이 난 듯해 안심했다. 병원 뒤편에 있는 흡연 구역에서 담배를 피우고 있는데 스마트폰이 울렸다. 모르는 번호다. 설마 1월 1일부터 임대료 독촉일까?

"여보세요?"

"아, 자넨가? 새해 복 많이 받게."

조심스럽게 전화를 받았는데 전화로 들려온 목소리는 장인이었다. 가슴을 쓸어내린다.

"새해 복 많이 받으세요."

올해도 잘 부탁드려요, 아니, 우리야말로. 서로에게 건네는 덕담만은 새해답게 나누고 전화 너머로 꾸벅꾸벅 고개를 숙이고는 아내 이야기를 꺼냈다.

"저, 도모코 얘기 들으셨어요?"

"응. 어제 전화로……. 슌, 지금 할아버지가 중요한 얘기중이니까 가만히 기다려라."

"아빠랑 얘기하는 거야?"

슌의 천진난만한 목소리가 끼어들었다. 최악의 상황이라 그런지 아이의 목소리가 이렇게 귀여웠나 하는 생각에 가슴이 아려온다.

"그래. 자, 아마존 프라임으로 〈스파이 패밀리〉를 보고 있거라. ……도모코, 입원했다지?"

"네."

"지금은 그렇게 큰 병은 아니지?"

"아직 검사하지 않아서 자세한 건 모르지만요."

"그래. 남들이 걱정해봐야 어쩔 도리도 없지. 결과를 기다려보자고."

"그렇죠."

아들을 잠시 봐달라고 하려던 순간이었다.

"그런데 말이야, 슌 일이야."

장인이 목소리를 갑자기 낮춘다.

“어제, 도모코가 겨울방학이 끝날 때까지만 맡아달라고 했
어. 물론 우리도 그럴 생각이었지. 그런데 사정이 좀 생겼네.”

“네?”

“오늘 아침, 할머니랑 놀다가 할머니가 허리를 삐끗했어. 사
실은 지금도 끙끙대고 있다네.”

“아니, 괜찮으세요?”

“처음은 아니라 대충 상태가 어느 정도인지는 알아. 그래도
한동안은 일상생활에 지장이 있을 거야. 미안하게 됐네만 아무
래도 슌은 못 돌보겠어. 나도 새해 휴일이 끝나면 바로 일 나가
야 하고.”

“그래요…….”

반쯤 넋이 나간 채 대답했다.

“아니, 정말 미안하네. 슌이 스파이를 좋아하잖아? 그래서 집
안에서 스파이 놀이를 하다가 나이도 모르고 너무 요란을 떨었
던 모양이다.”

원인이 아들이라면 불만을 털어놓을 수도 없다. 최악의 섣달
그믐날 다음은 최악의 새해 첫날이다. 어느새 손가락을 태울 만
큼 짧아진 담배꽁초를 서둘러 버리고 곧장 역으로 가 한 시간
쯤 전철을 타고 가 처가까지 슌을 데리러 갔다. 아직 충분히 할
아버지 할머니와 놀지 못한 슌은 앙탈을 부렸고 전철 안에서
세뱃돈을 달라고 졸랐다. 집에 도착하자마자는 “엄마가 보고

싶어”라는 말을 계속했다. 집안의 심상치 않은 분위기를 알아차리고 불안했으리라. 머리로는 이해하는데 이해할 마음의 여유가 너무 없었다.

“조용히 좀 해!”

짜증이 나 고함을 쳤더니 슌은 거실 바닥에 엎드려 울기 시작했다. 그런데도 달랠 마음이 안 생겨 옆방에서 인터넷 구인 정보를 뒤졌으나 전혀 머리에 들어오지 않았다. 도모코가 있었으면 바로 아이를 달래주었을 텐데. 울다 지쳐 잠든 아들을 이부자리로 옮겼다. 미안하지만 지금은 자주는 게 고맙다.

사흘 연휴가 끝나면 일단 관리회사에 울며 매달려 유예 기간을 받자. 대출받은 채무 상황을 파악한다. 다음은 도모코의 병상과 예상되는 입원 치료비를 물어봐야지. 조금도 마음에 와닿지 않는 일정을 머릿속으로 열거하고 있자 요리하고 싶다는 마음이 들었다. 아무것도 생각하지 않고 그냥 열심히 손을 움직이고 싶다. 자르고 다지고 벗기고 으깨고 굽고 볶고 익히고 튀기고 싶다. 선명한 채소의 색에 정신을 빼앗기고 쌀 씻는 소리에 귀를 기울이고 고기와 생선이 익는 냄새에 코를 킁킁대고 싶다. 너무나도 주방에 서서 일하고 싶다. 짝사랑이라도 하듯 뜨겁게 생각했다.

“아빠.”

조그만 손이 몸을 흔들어 눈을 뜬다. 방 안도 바깥도 캄캄했다. 어라, 나, 커튼 안 쳤나?

"응……. 왜? 오줌 쌌어?"

"아니야!"

아들은 쌍안경을 들고 창문 밖을 가리킨다.

"잠에서 깨서 감시했어."

어정쩡한 시간에 잠드는 바람에 중간에 깬 모양이다. 스마트폰을 들어 확인하니 새벽 1시가 지나 있었다.

"한밤까지 스파이 놀이야?"

한숨 쉬며 나무랐다. 자칫하면 신고당할 일이다.

"스파이는 밤에 활동해야지."

"응, 그래. 알았으니까 자자."

"나, 나쁜 사람을 발견했어."

수상한 건 너야.

"쌍안경은 낮에만 사용해. 봐. 몸이 차잖아."

슌의 어깨를 안아 다시 이부자리에 눕히려고 하는데 "진짜라니까!"라며 싫다고 몸부림을 쳤다.

"봤다고! 그 할아버지 집에 나쁜 사람이 들어갔어!"

"뭐?"

4층 창문에서는 사타케의 집이 훤히 내려다보인다. 문 앞에 차가 세워져 있다. 문기둥 근처는 캄캄했으나 근처 가로등 불빛으로 희미하게나마 알아볼 수 있었다. 검은 차다. 교이치의 뇌리에 어제의 SUV가 떠올랐다. 그리고 연쇄 강도 사건 뉴스. 할아버지, 가정부가 어쨌다며 호통쳤지? 근처를 천천히 달렸던 건 미리 정찰하려던 건가……. 아냐, 내 생각이 과한 거야. 그런 사건이 우리 코앞에서 일어나다니. 창문을 열고 창살을 잡고 상체를 내민다. 커튼이 쳐 있어서 안의 상황은 알 수 없다.

"슌, 쌍안경 좀 빌려줘."

"응."

렌즈의 힘을 빌려도 집 주변에 사람 그림자 같은 게 보이지는 않았다.

"나도 보여줘."

"슌, 분명히 저 집에 사람이 들어가는 걸 봤어?"

"응, 세 사람 정도가 빠르게 숨어 들어갔어."

일곱 살짜리 아이가 하는 말을 얼마나 믿어야 할지 모르겠다. 그러나 이대로 무시했다가 만에 하나 일이 벌어지면 양심의 가책이 생길 것이다. 교이치는 창문과 커튼을 닫고 잠옷에 다운을 걸치고 열쇠와 스마트폰만 주머니에 넣었다.

"금방 올 테니까 절대 집에서 나오면 안 돼. 창밖도 보지 마."

"싫어. 나도 갈 거야."

"슌."

두 손으로 아들의 어깨를 잡고 설득했다.

"이건 중요한 임무야. 네게는 여기서 대기하라고 명령하겠다. 알았지? 너 외에는 부탁할 사람이 없어.”

“미션?”

“맞아.”

똑바로 눈을 바라보며 대답하자 슌은 어쩔 수 없다는 듯 고개를 끄덕였다.

“알았어. 얼른 돌아와야 해.”

“그럴게.”

운동화를 대충 신고 사타케의 집으로 향한다. 일부러 멀리 돌아 허리를 숙이고 조심스레 차 뒤쪽으로 다가갔는데 시동이 걸린 상태였다. 차 안에 망을 보는 겸 운전을 맡은 사람이 남아 있을지 모른다. 교이치는 일단 거리를 두고 그늘에 숨어 경찰에 신고했다. 차 외에 이상하다고 생각할 여지는 없고 소리나 비명도 들리지 않는다. 그 거실이 범죄자들에게 짓밟히고 사타케가 폭행을 당하는 장면을 상상하고 싶지도 않다. 그러나 일련의 강도 사건에서 살해당한 피해자도 있다고 읽었다. 돈을 옮겨놨다는 사타케의 말이 진짜라면 예상이 빗나간 범인의 분노를 살 가능성도 있다. 그 할아버지, 안 그래도 태도가 안 좋은데……. 경찰은 왜 안 와? 나쁜 상상에 애가 탄다.

맞다. 이럴 때 “불이야!”라고 외쳐도 좋지 않을까. 크게 숨을 들이켰다가 멈췄다. 응급 의료 붕괴라는 얘기가 많은 이 시기에 소방차와 구급차를 잘못 출동시키면 안 될 것 같다. 그러나 사람 목숨이 달려 있는데……. 그랬다가 결국 사건성이 없으면……. 아, 정말! 나는 왜 이런 상황에서 우물쭈물 생각만 하지? 일단 큰소리로 뭐라고 소리쳐야 해. 초조함이 극에 달한 상태에서 문득 집 창문을 바라봤는데 그토록 타일렀음에도 커튼 뒤에서 아들이 쳐다보고 있었다. 눈이 마주친 느낌이 든다. 에이, 해보자!

교이치는 도로로 튀어나와 힘껏 소리쳤다.

"사타케 씨! 보온병 돌려주세요!!"

일단 소리를 높이고 보니 자신의 중심까지 심지 같은 게 관통하는 느낌이 들고 두려움이 사라졌다.

"새 보온병을 살 돈이 없어요. 그러니까 우리 아들 보온병은 돌려주세요! 여러분, 이 집 할아버지가 보온병을 가져갔어요!"

누가 좀 깨라. 불을 켜고 밖을 좀 봐. 나와줘. 줄줄 나와주라. 아무 일 아니면 내가 혼나면 되니까.

"이 새끼가!!"

으르렁대듯 소리치면서 SUV 문이 열렸다. 안에서 나온 남자가 교이치에게 돌진해 피할 틈도 없었다. 왼쪽 관자놀이에 충격이 찾아오더니 하얀 별이 불꽃처럼 번쩍였다. 이상하게도 고통은 없었다. 대신 자기 몸이 쓰러지는 모습을 슬로 모션처럼 느끼며 얻어맞았다는 생각이 들었다. 이렇게 건강하고 기운이 좋은 녀석이, 그냥 좀 제대로 된 일을 해라. 물론 내가 할 소리는 아니지만. 지면이 가까워지면서 의식이 멀어졌다.

"아빠, 류랑 공원에서 놀게."

"빨래 널고 있어. 잠깐만 기다려."

"류가 이미 아래에서 기다리고 있어서 그냥 갈게. 류의 형도 있으니까 괜찮아."

"공원 밖으로는 나가지 마."

"응."

"그리고 내일 학교에서 오자마자 엄마 데리러 가야 하니까 놀 약속 만들면 안 돼."

"알았어. 엄마 퇴원하면 맥도날드 갈 거야?"

"아빠가 치라시즈시* 만들 거야. 맥도날드는 다음에 가자."

"에이!"

여전히 아빠 음식에 관심이 없는 아들을 내보내고 세탁기에서 옷을 꺼낸다. 화장실 거울에 비친 얼굴은 왼쪽 눈 주위가 퍼렇다. 판다처럼 시커멓던 때와 비교하면 상당히 좋아진 건데 여전히 사람들 눈에는 두드러져 보일 얼굴에 한숨이 절로 나온다. 할 거면 마스크로 가릴 수 있는 데를 노리지. 이래서는 면접 보러도 못 가겠다.

* 밥 위에 회를 뿌려 먹는 음식.

그날 밤, 한 방에 멋지게 쓰러진 뒤 정신을 차렸더니 병원 침대 위였고 아들이 옆에서 엉엉 울고 있었다. 사타케의 집에 침입한 강도가 도주하자마자 경찰차가 도착해 땅에 뻗어 있는 교이치와 맨발로 튀어나온 슌을 보호했다고 한다. 신고할 때 차종과 번호를 알려둬서 범인들은 바로 체포되었다. 사타케는 결박 밴드로 묶인 채 발견되었는데 경상으로 생명에는 지장이 없었다. 아침이 되어 집에 돌아와 꼭 달라붙어 떨어지지 않으려는 아들과 잠자리에 든 순간 진통제 약효가 돌기 시작해서인지 급격하게 졸음이 쏟아져 둘은 숙면했다.

저녁, 인터폰 소리에 교이치만 깼다. 찾아온 사람은 정장을 차려입은 오십대 정도의 여자였다.

—갑자기 찾아와 죄송해요. 사타케 씨의 고문 변호사입니다. 사타케 씨에게 여기 산다고 들어서요.

방금 일어난 몰골을 보고도 전혀 개의치 않고 명함을 내민다.

—이번 일, 정말 감사드려요. 우라베 씨가 소리를 질러주시지 않았으면 사타케 씨는 살해당했을지 몰라요. 아무래도 집에 드나들던 가정부가 질 나쁜 남자와 연결되어 있어서 혼자 사는 고령자의 정보를 한구레* 집단에 넘긴 듯합니다.

—사타케 씨는 괜찮으신가요?

* 정식 조폭 집단이 아니라 점조직으로 운영되는 범법 조직.

—네. 큰 외상은 없어요. 다만 미열이 나서 PCR 검사를 했더니 양성이 나와서 입원하셨습니다. 그래서 저도 지금은 전화로만 얘기했는데 목소리는 여전히 정정하셨습니다.

—그래요? 다행이네요.

교이치의 반응에 변호사는 미소를 지었다.

—제가 오늘 이렇게 찾아뵌 건 사타케 씨가 전하신 말이 있어서입니다.

—네?

—일단 이 집 임대료입니다. 관리회사에 말해뒀습니다. 월 1만 엔이라도, 일단 계속 낼 의사를 보이면 사정을 참작하라고요. 빚은 제가 변제 상담해드리겠습니다. 필요하면 다른 변호사를 소개할 수도 있고 그때 비용은 받지 않습니다. 입원중이신 배우자분은 일단 병원의 사회복지사와 상담해보세요. 고액 요양비 제도라는 것도 있어요. 그걸로 문제가 해결되지 않으면 다시 제게 연락해주세요.

술술 얘기하는 내용을 바로 알아듣지 못했다.

—아, 저…… 사타케 씨는 어떤 사람인데요?

—모르셨나요?

—부자 같다고 생각은 했죠.

—고다마 코포를 포함한 이 일대의 집주인입니다. 그리고 나미고테이라는 음식점 체인의 전 사장이셨고요.

상상도 못 한 스케일에 입이 딱 벌어졌다.

—자주 있는 일인데요, 사내 권력 경쟁에 정이 떨어져 오 년 전에 은퇴하고 이후 사람을 가까이 두지 않고 사셨습니다.

—자주 있는 일이라고요?

—나름대로요.

—저기, 사타케 씨는 퇴원하고 이리로 돌아오시나요?

—아뇨.

변호사는 조용히 고개를 저었다.

—아무래도 이런 사건에 휘말렸으니까요……. 게다가 사타케 씨에게는 따님이 있어요.

—네? 의지할 사람이 전혀 없다고 했는데.

—이것도 자주 있는 일인데 결혼한 상대 남자가 마음에 안 들어서 보지 말자고 하고 지금까지 쭉 연을 끊고 사셨어요. 물론 저희가 상황을 파악하고 있었죠. 이번에 연락하니 아주 걱정하시며 아이와 함께 만나고 싶다고 하셨어요. 그래서 어쩌면 따님 가족과 살 수도 있어요. 어쨌든 그 집은 이제 처분하겠죠.

—그래요…….

변호사가 토트백에 손을 넣은 순간 깜짝 놀랐다. 어쩌면……. 한심하게도 얄팍한 속내가 얼굴을 내민다.

—이걸 돌려드려야 할 것 같아서.

변호사가 내민 물건은 보온병이었다.

묘하게도 후련한 낙담이 솟구쳤다. 뭐야, 기대하게 하고. 생명의 은인이라고 금일봉 정도는 주는 줄 알았네. 임대료도 아예 안 받겠다고 하지도 않고, 영감님 정말 엄격하네.

"저야말로 감사합니다."

교이치는 보온병을 받으며 깊이 고개를 숙였다.

추워, 추워! 투덜대면서 빨래를 다 널고 저녁 준비를 하고 있는데 인터폰이 울렸다.

"아빠! 나 왔어."

문 너머에서 아들 목소리가 나서 문을 열었다.

"뭐야? 벌써 오는 거야?"

"있잖아. 공원에 못 갔어."

"응? 화장실이 급해? 어디 아파?"

"아니. 저 집 할아버지를 만나서."

"어?"

"멀리 가서 이제 못 만난대. 그리고 내게 미션을 맡겼어."

슌은 양손으로 품은 하토 사브레 깡통을 쭉 내밀었다. 얼결에 받았는데 상당히 무겁다. 평소처럼 달그락 소리가 나지 않는다.

"절대 열어보지 말고 아빠한테 전해주랬어."

슌이 손을 씻는 동안 살짝 뚜껑을 열어봤다. 띠지를 두른 쇼토쿠 태자 다발이 눈에 들어와 깡통을 떨어뜨릴 뻔했다. 그것과 얇은 갈색 봉투가 하나.

"슌, 아빠 스마트폰으로 동영상 봐도 돼."

"진짜? 봐야지!"

아들을 얌전하게 있게 만든 다음 봉투에서 내용물을 꺼냈다. 세로쓰기 편지지에 글자들이 휘갈겨 적혀 있다.

'얼마 전에는 큰 신세를 졌네. 마침 자네 아들을 만나 이걸 맡기네. 내가 선대 사장에게서 받은 공표할 수 없는 돈의 일부야. 당부하겠는데 한꺼번에 쓰거나 교환하면 들킬 거야. 바로 세무서나 경찰이 찾아오겠지. 너무 힘들 때 가다랑어포를 살금살금 깎아내듯 조금씩 쓰는 게 최선일 걸세. 꼬리가 잡히지 않는 요리 방법을 알아내면 내게도 알려주고.'

거기까지 읽고 아이, 진짜! 하며 투덜댔다. 심술 맞은 노인이라니까. 신권을 주지.

'그리고 내가 믿는 부하의 연락처를 적어두네. 만약 일하고 싶은 마음이 있으면 내 이름을 대고 연락해보게. 자네가 싫어하는 연고라는 거야. 사실은 섣달그믐날에 말하려고 했어. 자네가 한심하게 여겼던 칠십 점짜리 요리를 스스로 만들 수 있는지 시험해봐. 열심히 해보게.'

끝까지 읽은 교이치는 입술을 꼭 깨물고 노란 깡통을 힘껏 안았다.

열심히 해봐. 정말 열심히 해보라고. 지난 삼 년 동안, 그 말을 들을 때마다 성가시다고 생각했다. 연고와 마찬가지로 끔찍하게 싫어한 말이 왠지 지금 눈앞을 흐리게 한다.

“아빠, 왜 그래?”

아들이 묻는다.

“할아버지한테 좋은 거 받았어?”

응, 목이 메인 채 대답한다.

“보물을 받았어…….”

축복의 노래

남향인 거실로 들어오는 햇살이 부드럽다. 봄이 오고 있다. 다쓰로는 실내용 건조대에 빨래를 널면서 자기도 모르게 콧노래를 불렀다. 사실은 햇볕에 말린 셔츠와 수건에 힘껏 얼굴을 묻고 싶었으나, 미쓰코가 꽃가루 알레르기가 있어서 요즘 계절에는 빨래를 밖에서 말릴 수 없다.

"그만 좀 해!"

바로 그 사람 미쓰코의 불평에 나지막한 멜로디도 중단해야만 했다. 마침 후렴구의 가장 좋은 부분이었는데.

"노래 좀 하지 말라고 내가 늘 말하잖아."

"거슬릴 정도로 큰 소리도 아니었잖아."

"내가 늘 말하지? 음치라고. 참을 수가 없어. 수업 시간에 학생들의 한심한 노래를 듣는 것만도 벅차다고.”

진위는 가늠할 수 없으나 아내는 절대음감의 소유자라 음정이 틀린 멜로디를 들으면 스트레스를 받는다고 한다.

“피부에 옷 라벨이 긁힐 때보다 백 배는 더 불쾌해.”

“한심한 걸 잘하게 바꿔주는 게 선생님 일 아닌가?”

“음악은 타고난 재능이 중요해. 미술이나 마찬가지야. 게다가 주요 교과도 아니라 휴식 시간처럼 여기는 고등학생에게 열정적으로 가르쳐봤자 소용없어. 참, 그냥 묻는 건데 무슨 노래였어?”

“‘하루사키 고베니*’.”

“말도 안 돼! ‘오보로즈키요**’인 줄 알았는데.”

“전혀 다르잖아?”

“그 정도로 음치라고.”

정말 그런지 반론하고 싶은 마음도 있었다. 하지만 그녀에게는 대적할 수 없음을 이십 년 남짓한 결혼 생활로 뼈저리게 알고 있기에 화제를 바꿨다.

“나노카는?”

“나갔어.”

“뭐?”

---

* 싱어송라이터 야노 아키코가 1981년에 발표한 곡.
** 가수 나카시마 미카가 2004년에 발표한 곡.

다쓰로는 부루퉁하게 대답하는 아내에게 물었다.

"설마 쫓아냈어? 아무리 그래도 그건 좀."

"자기 혼자 나간 거야! 동네를 어슬렁대다가 편의점에서 과자나 사서 돌아오겠지. 거실에서 보란 듯 임신부 스트레칭을 하고 있어서 청소에 방해된다고 하니까 삐졌어."

다쓰로는 뭐라고 해야 할지 고민한다. 당신이 너무 말을 심하게 한 거 아니냐고 나무라거나, 아니면 그 정도로 삐지다니 여전히 아이구나 하며 아내에게 동조하거나. 둘 다 틀린 느낌이다. 그렇다고 잠자코 있으면 "내 말 듣고 있어?"라며 화살이 날아올 게 빤하다. 이삼 초의 제한 시간 안에 어떻게든 적당한 답을 찾아야 한다. 뇌를 최대한 굴린 끝에 다쓰로의 입에서 나온 말은 "스트레칭, 아직도 유행하나"라는 것이었다.

"뭐?"

미쓰코는 바로 어이없다는 표정으로 미간을 찌푸렸다.

"그거 왜, 자가격리 기간 때 텔레비전 같은 데서 여러 가지 해서 유행했잖아. 여전한가?"

"정말 태평하다니까. 늘 멍하니 남의 얘기를 흘려듣고 적당한 말만 하지."

이토록 지혜를 짜낸 결과 이런 비난을 받다니 억울하다. 그러나 이번에도 저항은 포기하고 얼른 빨래를 다 널고 화장실로 이동해 수염을 깎기 시작했다. 그 등에 미쓰코의 목소리가 날아와 꽂힌다.

“여보, 나노카 어떻게 할 거야?”

“어떻게……라니.”

“이상한 얼굴 좀 하지 말고 생각 좀 해봐.”

“어쩔 수 없잖아.”

한창 면도하는 중이라 어쩔 수 없이 인중을 한껏 늘리고 볼에 바람을 넣어야 한다.

“본인이 낳겠다고 하는 이상 묶어서 끌고 가 낙태시킬 수는 없잖아?”

“설득도 부모 몫이라고!”

면도기 소음에 지지 않으려는 듯 미쓰코는 목소리를 높였다.

“나도 말하고 싶지 않아. 그렇지만 현실적으로 고교생이 애를 낳아 키운다는 게 얼마나 고생일지는 불 보듯 빤하잖아. 한때의 감정에 휩쓸려 낳았다가 후회해도 돌이킬 수 없다고.”

“그건 나도 알아.”

“남의 일인 양.”

“그렇진 않아. 그런데 나노카가 나보다 훨씬 말주변이 좋아.”

누구랑 닮아서 말이야. 이 괜한 한마디는 간신히 참아냈다.

“엄마가 설득하지 못한 걸 내가 어쩔 수 없지 않아?”

“열일곱 살 딸에게 밀리면 어쩌자는 거야! 아, 정말 싫어. 당신은 딸을 이해하는 아버지고 난 딸에게 중절을 강요하는 나쁜 엄마라니."

"걔도 엄마가 자기를 생각해서 하는 말이라는 것쯤은 알아."

최소한의 위로를 끝내기도 전에 거울 속의 아내가 휙 등을 돌렸다. 그런데 십 분 후에는 아무렇지 않은 얼굴로 물었다.

"오늘 어머님 댁에 들러?"

화를 오래 끌지 않는 게 미쓰코의 장점이다.

"응."

"그러면 딸기 좀 가져가. 그리고 지난달에도 분명히 말했는데 빈 반찬통은 꼭 챙겨와야 해."

"알았어."

직장인 인쇄소까지는 차로 삼십 분. 한 달에 한두 번, 조금 돌아서 어머님 집에 들르면 약 한 시간. 차 안에서는 마스크도 필요 없고 아내의 잔소리를 신경 쓰지 않고 노래도 실컷 할 수 있어서 다쓰로는 이 짧은 드라이브를 좋아했다. 불과 한 달 전만해도 하늘이 어두웠는데 지금은 해 지는 시간이 점점 늦어지고 있다. 봄이 오고 있구나. 그렇게 생각하며 자신만의 봄 플레이리스트를 흥얼거리다 보니 어느새 도착했다. 공동현관에서 인터폰을 눌렀는데도 응답이 없어서 가지고 있던 열쇠로 문을 열었다. 로비에서 숙제나 게임을 하느라 정신없는 아이들을 곁눈질로 바라보며 엘리베이터로 5층까지 가서 503호에 들어갔는데 역시 아무도 없다. 아마 산책하러 나갔거나 장 보러 갔겠지.

쓰러진 게 아니어서 다행이다. 화장실에서 손을 씻고 거실 낮은 테이블에 놓인 아버지 위패와 사진 앞에서 합장하고 있는데 어머니가 돌아왔다.

"이제 와요?"

"다쓰로, 왔니?"

"아침에 메시지 했잖아."

"아, 그랬지! 까먹었네."

아이, 참! 혼잣말하며 장바구니를 부엌 이동식 선반에 놓는다.

"슈퍼마켓에 갔는데 어디에 뭐가 있는지 찾질 못해서 시간이 걸렸어."

"딸기 있어. 미쓰코가 가져가라고 해서."

"정말? 고마워라. 마침 사려고 했는데 잊었어. 미쓰코는 정말 대단해."

머무는 시간은 언제나 짧다. 어머니와 단둘이 딱히 수다를 떨 화제도 없어서 몸은 어떤지, 힘든 일은 없는지 등 간단한 건강 진단과 필요한 일을 물으면 끝이다. 어릴 때는 청소나 요리 등으로 종종걸음하는 어머니를 졸졸 따라다니며 말을 걸었던 느낌이 있는데 어째서 그렇게 필사적이었을까.

"미쓰코도 나노카도 다 건강해?"

"응."

"너는 괜찮아? 야근 안 힘들어?"

“이제 익숙해졌어.”

“넌 몸이 약하니까 무리하지 마라.”

자주 열이 나고 배탈이 나서 늘 병원 신세를 졌던 건 초등학교 올라가기 전까지 일인데도 어머니에게 다쓰로는 여전히 허약 체질의 불안한 아이인 모양이다. 이렇게 튼실해진 배 좀 보라고.

“괜찮다니까. 엄마야말로 요즘 어때?”

괜찮다고 대답하거나 아니면 허리가 아프다, 무릎이 아프다며 늘 하는 불평을 늘어놓으리라고 예상했는데 뜻밖에도 어머니의 표정이 흐려졌다.

“있잖아…….”

“무슨 일 있어?”

심각하게 아픈 데가 있거나 사기라도 당했나? 심각한 이야기라면 다른 날 다시 오지 않는 한 출근 시간을 맞출 수 없다.

“네게 말해도 소용없을 수도 있는데.”

“일단 말해봐.”

“그게…… 옆집 곤도 씨 일인데.”

뭐야, 옆집 문제야? 다쓰로는 곤도 씨라는 사람 집이 왼쪽인지 오른쪽인지도 모른다.

“부인 상태가 요즘 들어 좀 이상해.”

“이상하다니, 어떻게?”

"전에는 쓰레기를 내놓거나 장 보러 갈 때 만나 잠깐씩 대화를 나눴는데 벌써 반년 이상 거의 볼 수가 없어. 어쩌다 봐도 얼른 도망친다니까. 전에는 싹싹하게 말을 걸었는데. 걱정이야. 살이 쏙 빠져서 사람이 완전히 달라졌어."

"몸이 아픈가?"

"게다가 아기도 걱정돼."

"아기?"

그 단어에 순간 당황했는데 물론 나노카 얘기가 아니었다. 어머니 말로는 504호에 곤도 씨 부부가 이사 온 게 재작년 초겨울이었다고 한다. 504호의 구조는 방 세 개에 거실과 부엌 겸 식당이 있는 가족용이고, 수건을 들고 인사하러 온 부부는 "내년에는 아이가 태어나서 시끄러울 수도 있어요"라며 부끄러워하면서도 행복해했단다.

"다른 집의 아기 얘기인데도 가슴이 막 뛰더라."

어머니는 흐뭇한 표정을 지었다.

"나, 보육교사였던 터라 아기 소리를 아주 좋아해서 육아 도우미를 하고 싶다고 했지……. 농담이었어. 끈질기게 매달리지는 않았단다. 남편은 일이 바빠 늘 늦게 오고 아내도 의지할 친정이 없다면서 든든하다고 좋아했어."

그러고 보니 그런 얘기를 들은 기억이 있다. 아버지가 돌아가시고 사십구재가 지났을 무렵이었나. 이런 말이었던 것 같은데.

"아버지가 떠나고 집이 너무 조용해졌는데 옆집이 시끌벅적해
질 생각 하니 기대가 되는구나."

`"배가 불러오니 숨을 헐떡이며 말하면서 걸었는데. 그래도
아이를 위해서라도 운동해야 한다면서 열심히 계단을 오르내
렸어. 그런데 지금은 완전히…… 아기도 안 보이고 울음소리도
전혀 안 들려."

"그렇다면…… 보통 아기가 잘못된 게 아닐까?"

"아무래도 그렇지?"

생판 남의 일인데도 어머니는 확연히 낙담했다.

"이제 곧 마스크를 안 해도 될 테니 밖에 나와 조금이라도 기
운을 되찾으면 좋을 텐데."

"아니, 우리야 사정을 알 수 없지. 태어나기는 했는데 병이 있
어서 입원중이거나 중증 장애가 있을지도 모르고."

"어쨌든 안됐어."

다쓰로가 망라한 가능성이 다 싫은지 어머니는 고개를 절레
절레 흔든다.

"뭐든 힘이 되어주고 싶다."

"그렇지만 너무 민감한 문제라. 옆집 사람이라는 관계 정도
로 이리저리 관여하지 않는 게 좋아. 젊은 사람들은 평소에도
참견하는 걸 싫어하니까."

괜한 참견을 할 사람은 아니지만 그래도 당부했다. 어머니는

떨떠름한 표정으로 알았다며 고개를 끄덕였다. 방을 나와 엘리베이터로 가다가 504호 앞에서 문득 걸음을 멈췄다. 최근에는 보기 힘든 '곤도 히사토시 시즈카'라고 부부의 이름을 다 적은 문패가 걸려 있다. 여기에 아기의 이름도 더할 예정이었으리라고 상상하자 어떤 사정인지도 모르는데도 이상하게 가슴이 아팠다.

야근을 끝내고 집에 오면 가족이 깨지 않도록 조용히 목욕하고 나와 어젯밤 반찬을 안주로 탄산주를 하나 마시는 게 다쓰로의 사소한 즐거움이었다. 밝아오는 이른 아침의 정적 속에서 모두가 이제부터 일하러 가는데 자신만은 한잔하고 잠들 수 있다는 행복은 야밤의 술 한잔보다 더 흐뭇하다. 게다가 밤처럼 한 잔 더……라며 손을 뻗는 일도 없으므로 가성비도 좋다. 아침 술의 재미를 느끼려고 야근을 지원했다고 해도 지나친 말이 아니다. 이어폰을 끼고 좋아하는 드라마를 보면서 거실에서 혼자 술을 즐기고 있는데 미쓰코가 침실에서 나왔다. 입 모양으로 "고생했어"라고 말하는 걸 보고 이어폰을 뺀다.

"응. 아침이 빠르네?"

"동아리 아침 훈련. 동료 교사와 차 마시고 올 거라 오늘은 좀 늦어."

고문으로 있는 합주부의 신입생 환영 연주회 준비로 바쁜 모양이다.

"알았어."

"참! 어제 대학 동창과 오랜만에 전화했는데 어머니가 치매
에 걸리셔서 힘들대."

"그래?"

"우리도 남 일이 아니라고. 어제 어머님 어떠셨어?"

"딸기 좋아하셨어. 자기가 사려고 했는데 까먹었다고."

"마침 잘됐네."

"응. 슈퍼마켓에서 매장을 못 찾아 갈팡질팡하다 잊었다나."

가벼운 건망증 얘기로 꺼냈는데 아내의 얼굴이 대놓고 심각
해졌다.

"그거 괜찮은 거야?"

"뭐가?"

"슈퍼마켓은 늘 다니는 데잖아. 선반 위치를 헷갈리겠어?"

"아냐. 나도 자주 헤매."

"당신은 가끔 가는 거잖아! 어머님은 자주 사러 가잖아."

분명히 팔다리가 약해졌어도 자주 일을 만들어 외출해야 한
다고 종종 말했다.

"어? 뭐야? 어머니가 치매라는 거야?"

"벌써 여든이 넘으셨으니 이상할 일도 아냐. 그리고 달리 이
상한 점은?"

"음, 야근이 힘들지 않냐고 매번 묻기는 하는데 그냥 늘 하는 인사 같은 거고……. 다음은 옆집 이야기?"

"물건을 훔친다거나 옆집이 감시한다고?"

"그런 건 아냐. 아기가 죽었을지도 모른다고 했어."

"흐음."

미쓰코는 더 안심할 수 없다는 표정으로 다쓰로에게 말했다.

"일단은 주의하며 지켜보자고. 가뜩이나 아버님이 돌아가셔서 혼자가 되셨는데 조짐이 보이면 얼른 건망증 외래라도 모시고 가야지."

"어머니는 병원 아주 싫어해."

어린 다쓰로를 업고 달려간 적은 여러 번 있었으나 정작 본인은 고열로 비틀거리면서도 완고하게 의사에게 가지 않으려 했다.

"어쩌면 건강검진도 수십 년째 안 하고 있을걸."

"거짓말이지?"

"아니, 진짜야. 헌혈하면 간단한 건강검진을 해주는데 그거면 충분하대."

"이제 헌혈할 나이도 아니잖아. 여차 싶으면 당신이 책임지고 병원에 모시고 가. 당신 어머니니까."

"알았어."

"그런데 어제 부탁한 반찬통은?"

"……앗."

잊었다는 말보다 먼저 "아들이 먼저 치매에 걸리겠네!"라는 호통이 날아와 다쓰로는 목을 움츠렸다.

낮에 일어나 미쓰코가 만들어놓은 주먹밥을 먹고 설거지를 하고 있는데 딸이 천천히 다가왔다.

"아빠, 오늘도 할머니한테 가지?"

"어떻게 알았어?"

"아침에 엄마랑 얘기했잖아. 배가 살짝 고파서 부엌에 가려고 했는데 엄마 목소리가 들려서. 와! 이렇게 일찍 일어나다니 큰일 날 뻔했다고 생각하고 잠시 상황을 살폈지. 어쨌든, 나도 가도 돼?"

"왜?"

"그야 할머니 치매일지도 모른다며. 나를 까먹으면 슬프잖아. 새해 때 외에는 못 봤고, 할머니도 좋아하실걸?"

"아빠는 그대로 출근해야 해서 돌아올 때는 못 태워줘."

"전철로 돌아오면 되니까 괜찮아. 아, 전철 요금은 줘."

"스마트폰에 교통카드 기능이 있는 걸로 아는데."

"아이, 참! 그 스마트폰은 엄마한테 뺏겼잖아!"

"아, 그랬나?"

정확히는 밤에 한 시간 동안만 미쓰코의 감시 아래 사용할 수 있다. 아마도 혼자 지내야 하는 시간을 보내면서 용돈까지 받으면 행운이라고 생각할 텐데 어머니가 좋아할 건 분명하므로 데려가기로 했다. 조수석에 나노카가 앉으니 아무래도 안전띠 밑의 배로 눈길이 쏠렸다. 지금은 아직 불룩하지 않았다.

"어! 어딜 봐? 기분 나빠."

바로 나노카에게 혼났다. 물론 진짜 화가 나서 지적한 건 아니다.

"미안해."

다쓰로가 사과하자마자 깔깔대며 배를 쓰다듬었다.

"사쿠라, 나쁜 할아버지지? 뚫어지게 쳐다봐서 불안했지?"

"아니, 벌써 이름도 붙였어?"

"태명이야. 진짜 이름은 호리와 의논해야지."

태명이라. 들어본 적은 있으나 어쩐지 무서운 느낌이 들었다. 유충을 쓰다듬는 듯한 느낌이랄까. 이런 생각이 드는 이유는 자신이 남자라서일까. 아냐. 문제는 그게 아니다.

"나노카, 진짜 낳을 거야?"

다쓰로는 딸을 불러 질문했다.

"응. 낳을 거야."

진심임이 느껴지는 말투. 임신해버린 것 같다며 알렸을 때도 이후의 대화에서도 딸은 언제나 이 태도로 일관했다.

"그렇게 말해도 현실적으로는……."

“내 배에 아이가 있어. 그게 지금 가장 우선시해야 하는 현실이야.”

이렇게 말하면 저렇게 예리하게 반론하기 때문에 다쓰로가 오히려 당황하고 만다.

“누가 뭐라든 아이가 생기면 낳는다는 게 생물의 기본 생리 아냐? 그걸 부정할 만한 말은 이 세상에 없다고 생각해. 나와 아빠도 엄마도 그렇게 이 세상에 태어났잖아.”

잠깐만! 지금 여기서 막히지 말고 뭐라고 말 좀 해. 머릿속에서 아내가 채근한다. 자신이 봐도 한심하지만 지난 두 주 동안 나노카의 뜻을 뒤집을 아이디어는 전혀 떠오르지 않았다.

“서두르지 않으면 회사 지각하는 거 아냐?”

당사자인 딸은 오히려 여유만만이다.

“어쨌든 할머니에게는 임신 애기는 하지 마라.”

다쓰로는 어쩔 수 없이 차를 출발시키며 당부한다. 물론 이는 아내의 뜻이지만.

“알았다고.”

“정말?”

“가령 할머니에게 말하면? 할머니는 내 편이 되겠지? 그러면 엄마는 할머니를 회유했다고 더 화를 내겠지? 이야기가 복잡해질 뿐이야.”

잘 알고 있네.

“엄마와 할머니는 묘하게 사이가 안 좋아.”

“엄마가 뭐라고 했어?”

“아니. 보면 알아. 독특한 긴장감이 있다고 해야 하나? 고부 관계라는 건 다 그런가. 집이 가까운데 왕래하지도 않고. 엄마가 깐깐한 성격이라 그런가? 할머니가 배려하는 느낌이야.”

“그게 아니라…….”

불화라고 하기에는 애매한 아내와 어머니의 거리감을 딸에게 이야기한 적은 없다. 그러나 이렇게까지 파악하고 있다면 숨길 필요도 없을 것이다.

“서로 좀 오해가 있었어.”

다쓰로는 솔직히 털어놓았다.

“엄마 친정이 멀어서 네가 태어나고 할머니가 드나들며 도와줬어. 그런데 산전이나 산후에는 살짝 예민해지잖아? 할머니의 말과 행동이 조금 거슬린 모양이야.”

“조금? 예를 들어서?”

“음……. 기억나는 건, 엄마가 ‘젖이 잘 안 나와요’라고 투덜댔더니 ‘어머, 그러면 곤란한데’라고 맞장구를 친 게 싫었대.”

“어? 그러면 안 돼?”

“분유를 먹여도 아이 성장에는 크게 문제가 없다는 말을 듣고 싶었대.”

“에이! 그걸 어떻게 알아?”

"할머니가 보육교사여서 엄마한테는 오히려 부담이었나 봐."

어머니에게 악의가 없었음을 미쓰코도 머리로는 이해하고 있을 것이다. 그래도 마음이 불편하다며 혼자 키우는 게 낫겠다고 해서 다쓰로가 이제 도움은 필요 없다고 전했다. 어머니도 느낀 바가 있었는지 전보다 소원해졌다. 이후 아내도 안정을 되찾자 어머니에 대한 태도를 후회하는 듯 보였으나, 서로 관여하지 않고 일정한 거리를 유지하는 관계에는 변함이 없었다.

"사이가 나쁜 건 아냐."

아내의 명예를 위해 덧붙였다.

"할아버지 할머니가 큰 집을 팔고 작은 맨션으로 이사하겠다고 했을 때도, 할아버지가 돌아가셨을 때도 엄마는 동거하자고 했어. 결국 동거하지는 않았으나 늘 신경을 써주고."

"알아. 엄마는 좀 츤데레 같은 면이 있지. 내 임신이 발각된 뒤로 내내 화를 내고 있으면서도 우리 집 커피 무카페인으로 바꾸고."

"그랬어? 그렇다고 알았어, 낳아라, 그런 건 아냐."

"알아. 고등학교 교사의 딸이 고교생으로 엄마가 되면 큰일이지."

"체면 때문에 반대하는 건 아냐."

"그것도 알아."

태연하게 대답하는 딸의 옆얼굴에서는 아슬아슬하게 걸음마를 시작했던 때의 모습을 찾기 어려웠다. 다쓰로는 속으로 수백 번쯤 되풀이했으나 여전히 소화하지 못한 혼잣말을 흘렸다.

믿을 수 없어. 이 녀석의 배에 아기가 있다니.

호리. 그 녀석은 고등학교 1학년 때부터 같은 반이었고 1학년 축제를 계기로 사귀기 시작했다고 한다. 그리고 깊은 사이가 되어 육체관계까지 맺었고 나노카는 임신했다. 십 년, 아니, 요즘으로 치면 십오 년쯤 빠른 인생의 변화이다. 나노카가 자가 진단 키트로 검사하고 미쓰코와 다쓰로에게 보고했고 미쓰코가 서둘러 병원에 데려가 임신이 확정되었다. 피임은 분명히 했다고 주장하는데 아무래도 수상쩍다.

부모에게 연행되어 온 호리는 아직 수염도 제대로 나지 않은, 반들반들하고 미성숙한 얼굴의 소년이었다. 이 자식이 딸을? 아무리 생각해도 이상하리만치 화가 나지 않아, 머리가 깎이고 뺨이 퉁퉁 부어오른 호리의 고통스러운 모습에서 눈을 돌린 게 전부였다. 딸이 임신했다는 실감이 아직 안 나는데 보란 듯이 벌받는 죄인처럼 웅크리고 있어도 곤란할 뿐이다. 현관 앞에서 무릎을 꿇은 호리는 떨리는 목소리로, 그러나 분명히 말했다.

—책임지겠습니다. 낳았으면 합니다. 열여덟이 되면 나노카와 결혼하고 싶습니다.

그 순간, 다쓰로의 가슴에는 메마른 슬픔 같은 감정이 퍼졌다. 이 녀석은 정말 아무것도 모르는구나. 인생의 가혹함을 전혀. 그래서 이런 말을 부끄러운 줄도 모르고 내뱉을 수 있다. 십 년, 오 년, 일 년……. 아니, 내일 경솔한 구혼을 후회할 수 있다는 사실을 상상조차 할 수 없으리라. 물론 "책임질 수 없으니 낙태했으면 좋겠습니다"라고 했다면 그것도 용서할 수 없었겠으나 호리의 미성숙함은 오십 줄 아저씨의 신경을 심히 거슬렀다. 처음부터 속일 마음으로 하는 거짓말보다 처음에는 진심이었던 거짓말이 더 악질이다.

나노카도 낳겠다고 고집하고, 호리의 부모는 "따님의 의견을 따를 것이고 저희가 할 수 있는 일은 무슨 일이든 하겠다"라며 끝까지 저자세로 일관했다. 딸과 의논해 결론을 내겠다며 일단 돌려보냈는데 딸의 의지는 예상보다 확고해 부부가 나란히 속을 썩고 있다. 호리 집안의 부부도 매일 판결문을 기다리는 심정이겠지. 이대로 고착 상태가 유지되면 태아는 성장해 '낳을 수밖에 없는' 시기를 맞는다. 어떻게 하지? 다쓰로는 가끔 핸들은 놓아버리고 머리를 감싸안고 싶어진다. 그런데 똑바로 앞을 보는 딸은 미래를 조금도 두려워하지 않는 듯 보인다. 그 무시무시한 어리석음이 또 눈부시다.

어머니는 손녀의 깜짝 방문을 기뻐하며 차를 내겠다고 서둘러 부엌에 섰다.

"벌써 봄방학이야?"

"학기말 시험을 끝내고 쉬는 중이야. 이제 종업식에만 나가면 돼. 아, 할머니. 나는 백탕*을 주면 안 될까? 요즘 푹 빠져 있거든."

"나노카는 어른스럽네."

주전자에 물을 붓고 불에 올리는 어머니 바로 옆에 서니 의아한 표정을 지었다.

"왜 그러니?"

"아니, 도울 거라도 있을까 싶어서."

"평소에는 한 번도 안 그러면서. 딸 앞이라고 폼 잡지 말고 가서 앉아라."

혹시 치매라면 불을 다루는 건 주의해야 하는데 특별히 위험한 거동은 보이지 않는다. 역시 아내의 과한 걱정일지 모른다. 어머니는 주전자를 지켜보면서 다쓰로의 귀에는 상황과 안 어울리는 엉뚱한 멜로디를 흥얼거리기 시작했다.

"할머니, 그거 무슨 노래야?"

"캔디즈의 '하루이치방**'이란 노래야. 나노카는 모르지?"

"아니, 알아. 음정이 너무 자유로워서 다른 노래인 줄 알았어! 정말 아빠랑 똑같네."

"야!"

* 끓인 물을 차처럼 마시는 것.
** 1976년에 발표된 곡.

“그래?”

어머니는 놀리는 줄도 모르는지 생글생글 웃을 뿐이다.

나노카를 두고 얼른 집을 나와 엘리베이터를 기다리고 있는데 현관문 열리는 소리가 들렸다. 다쓰로가 이른 아침에 귀가할 때처럼 신중하고 조그만 소리였는데 그래서 더 귀가 민감하게 알아차렸다. 다쓰로는 반사적으로 소리 나는 쪽으로 고개를 돌렸다가 눈을 크게 떴다.

살짝 열린 504호 문으로 여성의 상반신이 나와 몸을 구부리고 종이 상자를 들어 올리고 있었다. 택배를 회수하는 평범한 동작에 놀란 건 여성의 얼굴이 너무나 범상치 않았기 때문이다. 낯빛은 종이 상자와 별 차이가 없는 흙빛이었고 움푹 팬 눈 밑에는 시퍼런 그늘이 드리워져 있었다. 직접 잘랐는지 어깨에 닿을락 말락 한 머리카락은 삐죽삐죽 푸석해 팔십대인 어머니보다 생기가 없어 보였다. 너무나 이상한 상태에 눈을 돌리지 못하고 있었더니 여성도 다쓰로를 알아차렸다. 흠칫 몸을 굳히더니 바로 상자를 들고 거칠게 문을 닫았다. 지금 본 사람이 어머니가 말한 ‘곤도 씨 부인’인가.

엘리베이터를 타자마자 절로 긴 한숨이 나왔다. 솔직히 무섭다. 어머니가 걱정하는 것도 무리는 아니다. 출산 전에는 행복해 보였다는데 상상도 할 수 없는 모습이다. 곤도 집안에 무슨 일이 있었던 것만은 틀림없다. 저 문 너머, 504호 안은 어떤 모

습일까. 그런 생각을 하니 소름이 돋을 듯해 왼쪽과 오른쪽 손
목을 번갈아 문질렀다.

다음 날 아침, 퇴근 후 아침 루틴을 즐기고 있는데 나노카가
조용히 거실로 나왔다. "이제 왔어?"라며 목소리를 낮춰서 덩
달아 조그만 목소리로 "그래"라고 대답했다.
"일찍 일어났네."
"어제 일을 알려주고 싶어서. 밥 다 먹고 내 방으로 와. 여기
서 떠들면 엄마 깨."
"알았어."
딸 방에는 초등학생 이후 처음 들어가는 것이다. 낯익은 인형
이 머리맡에 있는 한편 샴푸인지 향수인지 모를 달콤한 향기가
감돌아 러그에 앉았는데 영 마음이 불편했다. 나노카는 그런 아
버지를 보고 싱글대며 말했다.
"긴장하지 마, 손님. 이런 가게 처음 와?"
"무슨 생각으로 아버지한테 반말이냐?"
"네, 네……. 할머니 말이야, 아직 치매는 아닌 듯해. 일단 슈
퍼마켓은 얼마 전 리뉴얼해서 매장 위치가 다 바뀌었대. 다른
아줌마들도 장 보기 힘들다고 불평하더라."
"다른 아줌마?"
"돌아올 때 로비에서 초등학교 여자애가 놀고 있어서 말을

걸어 잠깐 얘기했어. 그러다가 개 엄마가 데리러 와서 어쩌다 친해졌지."

"어쩌다……? 너 대단하다."

나노카는 원래 사람을 좋아해 처음 가는 곳에서도 금방 친구를 만들었다. 유약하고 내성적인 자신, 무슨 일에든 자기주장이 분명해 자주 마찰을 일으키는 아내와는 다르게 인간관계에 고민하지 않도록 한 부분은 부모로서 고마웠다. 지나치게 싹싹한 성격도 장단점이 있음을 최근 들어 알게 되었지만.

"503호의 마키노라고 했더니 '마키노 씨 손녀?'라며 반가워해서 금방 친해졌어. 돌아가신 할아버지가 관리조합 대표를 여러 해 하셔서 다들 큰 도움이 받았대. 귀찮아서 하기 싫어들 하잖아? 적립금 관리도 꼼꼼하게 해서 든든했대."

중견 상사에서 경리 일을 오래 하기는 했는데 은퇴 후에도 그렇게 능력을 발휘했는지는 처음 알았다. 말이 없고 집안일은 전혀 관여하지 않는 '옛날 아버지'라는 인상뿐이었는데.

"마을 자치회의 크리스마스나 핼러윈 모임에서는 산타 역할도 멋지게 했대."

"전혀 상상이 안 간다."

"그리고 다른 이웃들도 옆집 곤도 씨를 걱정하고 있었어."

나노카는 침대에 걸터앉아 다리를 흔들며 말한다.

"출산 전에는 자주 보였는데 부인이 히키코모리가 됐다고.

배가 한창 불렀을 때 맨션 어머니회에도 초대했는데 딱 잘라 거절했대. 가끔 만나도 외모가 너무 무섭게 변해 아무도 말을 못 걸고 있다더라."

"저마다 사정이 있는 법이야. 호기심에 들쑤시고 다니지 마."

"알아. 할머니는 아무 말도 안 하는데 아기에게 무슨 일이 생겼다고 생각해 걱정하는 듯해. 남편이 바쁜 사람이라며? 독박 육아로 정신적으로 피폐해졌거나 학대한다거나……."

불과 몇 초 봤을 뿐인 옆집 여자, 곤도 시즈카였을 사람의 풍모를 떠올리자 다시 등골이 서늘해졌다. 그러나 다 억측에 불과하다.

"그래도 나서서 아동 상담소에 신고하는 일은 하지 마라. 울음소리가 들렸다거나 구체적인 징후가 있는 것도 아니잖아."

"안 해. 그래도 걱정돼. 다시 할머니네 집에 가도 되지? 엄마들의 육아 에피소드 듣는 것도 도움이 되고."

예비 엄마라도 된 기분인 모양이다. 맞다. 곤도 씨 집 문제보다 우리 집 문제가 더 긴박하다.

"지금 너한테 제일 중요한 일은 학교 공부 아냐?"

"그렇지만 방학이고 숙제도 없잖아."

"어쩔 셈이야? 곧 3학년이야. 대학 수험도 있는데."

"그건 포기해야지."

나노카가 또렷하게 대답했다.

"우선순위에서 첫 번째는 아이야. 그건 양보 못 해. 최선을 다해 등교하고 배는 큰 파카로 가릴게. 체육 시간은 빠지고. 출산하면 육아. 2학기는 통째로 쉬어도 졸업은 시켜주겠지. 혹시 들켜서 퇴학당하면 그건 그때 가서 생각할게. 그렇지만 호리는 졸업하게 하고 싶어. 가능하다면 대학도 다니게 하고 싶어."

"그렇게 쉽게 생각대로 다 될 거 같아?"

"최선을 다하겠지만 나랑 호리만으로는 무리겠지. 그래서 부모님들이 도와줬으면 좋겠어. 육아가 그리 쉽지 않다는 말은 엄마랑 아빠한테 수없이 들었어. 그래도 엄마 아빠는 나를 이렇게 키웠잖아? 그렇다면 현실의 어려움보다 이겨낼 삶의 지혜를 얻고 싶어. 난 낳을 생각인데 낳을지 말지만 계속 얘기하니 도통 얘기가 안 되잖아."

정말, 얘가 내 딸이란 말인가. 매일 얼굴을 보고 식탁에 마주 앉고 패밀리레스토랑과 회전 초밥 가게와 놀이공원, 바닷가 민박집에서 모든 사람이 만들 법한 가족의 추억을 공유했는데 모르는 사이에 남자를 만들고 아이를 만들어 부모를 설득하려 하고 있다. 산타클로스로 변장해 웃고 있는 아버지보다 더 멀게 느껴진다.

답답한 심정을 품은 채로 잠자리에 들었다가 지독한 악몽을 꿨다.

어둠 속에 새하얀 손가락 두 개가 나타나는가 싶더니 쓱 목을 감고 조르기 시작했다. 가늘고 차가운 손가락에 혈관이 눌려 너무 괴로워 소리도 낼 수 없다. 도망치려고 손을 휘둘렀으나 내 손은 왠지 그 손에 닿지 않고 상대의 얼굴도 보이지 않는다.

온몸이 격렬하게 경련하는 바람에 퍼뜩 눈을 뜨니 누워 있는데도 심장이 터질 듯하다. 절로 목덜미에 손을 댔는데 땀으로 흥건했다. 순간 어제 본 곤도 시즈카의 얼굴이 떠올랐다. 그 모습이 기억에 들러붙어 있다가 악몽이 되었나 보다. 여러 번 심호흡하고 안정을 찾고 나니 자신의 소심함이 한심했다. 딱 봐도 아직 젊은 여자의 풍모에 겁을 먹다니 정말 멍청하다.

그날도, 다음 날도 나노카가 졸라 어머니 집에 들렀다. 504호 앞을 지나갈 때마다 어쩔 수 없이 주시하고 말았는데 곤도 시즈카와 마주치는 일은 없었다. 그런데도 계속 같은 꿈을 꿨다. 차가운 하얀 손에 목이 졸려 몸부림친다. 다음 이틀은 회사가 쉬어서 취침 시간을 바꿔봤는데 역시 끙끙거리고 말았다. 생활 시간대가 달라 각방을 쓰는 미쓰코가 걱정스러워하면서 괜찮냐며 들여다볼 정도였다.

"왜 똑같은 악몽을 꿀까?"

회사에 나간 날, 점심시간 사원 식당에서 소바를 먹으면서 동료에게 물었다.

"어떤 꿈인데?"

"아마도 여자 같은데, 그 여자한테 목이 졸려."

"불륜중이야?"

"그럴 리 있겠냐?"

"그럼, 스트레스 아닐까? 야근 계속하는 거 안 좋아. 역시 아침 해를 받으며 일어나야지. 낮 근무로 바꾸면 어때?"

"아냐. 이 생활 리듬에 맞춰져서 특별히 힘들지는 않아."

"그러면 귀신이라도 붙었나?"

다른 동료가 끼어들었다.

"유령을 믿어?"

"응. 있다고 믿어. 생령이나 저주일 가능성도 있지."

그때 다시 곤도 시즈카가 떠올랐는데 원한을 살 이유가 없다. 눈이 마주친 일도 우연한 사고 같은 거였다.

"맞다. 저, 어릴 때 늘 꾸는 꿈이 있었어요."

최근 들어온 신입 사원도 이야기에 가세했다. 외모도 내면도 어리다고 생각하는데 그래도 호리보다는 버젓한 성인 남자로 보인다.

"초등학교 소풍 때 유원지에 가서 관람차를 탔어요. 그런데 그날 밤부터 관람차에서 못 내려서 발을 동동 구르는 꿈을 꿨어요. 부모님에게 말했더니 깜짝 놀라시더라고요. 제가 한 살을 갓 넘겼을 때 관람차 기계가 고장 나서 삼십 분 정도 갇혔던 적이 있었대요. 그걸 기억하냐며 놀라셨죠. 전혀 자각하지 못하고 있었는데 이상하죠?"

"지금도 꿔?"

"아뇨. 부모님에게 말한 다음부터는 뜸해지더니 지금은 안 꿔요. 뭐랄까요. 대화하면서 무의식의 제가 이해했나 봐요. 마키노 씨도 계기가 되었을 사건 같은 거 없으세요?"

기억에도 없는, 과거의 사건이라. 어릴 때 목 졸린 경험이 있단 말인가? 그렇다면 꿈으로 그 경험을 추체험하게 된 트리거는 뭔가? 역시 곤도 시즈카인가? 그런 외모의, 위험한 여자에게 습격당해……. 아, 전혀 기억나지 않는다.

"어이, 괜찮아?"

잠자코 있는 다쓰로를 동료가 걱정하며 물었다.

"안색이 정말 안 좋아. 계속 그러면 산업의에게 상담해."

"알았어. 고마워."

꿈꾸는 원인이 분명해지면 고민이 사라질지 모른다. 다음에 어머니에게 슬쩍 물어봐야겠다.

"아빠, 이제 일어나야지. 회사 안 늦어?"

노크 소리와 딸의 목소리에 벌떡 일어났다. 바로 스마트폰으로 오후 3시 45분임을 확인한다. 큰일났다. 꿈을 꾸지 않은 게 아니라 신음하다가 일어난 후 다시 잠들고 말았다. 서둘러 준비하고 나노카를 태우고 출발한다. 오늘은 어머니에게 물어볼 수 없겠다. 맨션 입구에서 나노카를 들여보내고 몸을 돌려 차로 가려는데 눈앞에 낯익은 여성이 다가왔다.

곤도 시즈카. 전과 마찬가지로 핼쑥한 얼굴과 흐트러진 몸가짐은 봄의 부드러운 햇살 아래에서 더욱 으스스하게 보였다. 그래도 간신히 미소를 짓고 "안녕하세요"라고 인사하고 지나가려는데 그녀가 걸음을 딱 멈추고 푸석푸석한 앞머리 사이로 다쓰로를 노려봤다. 순간 간담이 서늘했다.

"……그만하시죠?"

곤도 시즈카는 의외로 또렷하게 말했다.

"네?"

절로 되묻고 말았다.

"남의 집 일을 캐묻고 다니는 거 그만하시라고요. 완전 민폐예요."

그대로 다쓰로를 지나쳐 안으로 들어간다. 다쓰로는 한동안 그 자리에서 서서 꼼짝도 하지 못했다. 이윽고 조심스레 현관을 돌아보니 이미 아무도 없었다. 연기처럼 사라졌을…… 리가 없다. 엘리베이터나 계단을 이용했을 것이다. 도어락을 여는 소리도 났고 갑자기 말을 걸어 놀라기는 했으나 아주 가까이에서 존재를 확인한 만큼 정체 모를 공포는 옅어졌다. 그녀는 유령도 이상한 존재도 아니다. '캐묻고 다닌다'라는 건 우연히 다쓰로와 눈이 마주친 일을 말하는 걸 수도 있다. 나노카가 로비에서 애들 엄마들과 이야기하는 걸 들었을지도 모른다. 나노카에게 다시 주의를 줘야겠다. 정신을 차리고 차로 돌아와 시동을 건 순간 스마트폰이 진동했다. 호리의 아버지여서 바로 받았다.

"여보세요. 마키노입니다."

"호리 아버지입니다. 지금 잠깐 통화할 수 있을까요?"

"네. 말씀하세요."

시동을 끄고 무의식적으로 무릎 위에서 주먹을 쥐었다.

"저…… 그 후로 어떤가요? 나노카의 생각은?"

"변함없습니다. 낳겠다고 주장해서 저희도 애를 태우고 있습니다."

"그래요…….”

낙담을 감추지도 않은 중얼거림 후의 침묵은 이쪽을 비난하는 듯 느껴졌다. 뭐 하고 있어? 잘 좀 설득하라고! 이렇게 말이다. 치밀어 오르는 화를 참느라 아랫입술을 깨물고 있는데 호리 아버지가 용건을 꺼냈다.

"오늘은 드릴 말씀이 있어서 전화했습니다. 혹시 꼭 낳겠다고 하면 DNA 친자 감정을 했으면 합니다."

"……네?"

"태아 DNA 감정도 가능하다고 하고 출산 후라도 괜찮습니다. 물론 비용은 저희가 부담하겠습니다. 아무래도 이런 일은 제대로 해두는 게 좋을 듯해서요."

"제대로?"

냉정한 목소리로 되묻는 자신이 의아했다. 뜨거운 액체를 들이부은 얼음처럼 심장이 탁탁 갈라지는 소리가 난다.

"우리 딸이 제대로 되지 못해서 다른 남자와 관계라도 했다는 말인가요?"

"아닙니다. 그런 말이 절대 아닙니다."

"그게 아니면 뭡니까? 그보다 이 일을 아드님은 받아들였습니까?"

"네."

호리의 아버지는 어딘가 의기양양하게 대답했다.

"아들도 원해서 전화를 드린 겁니다."

"웃기고 있네!"

스마트폰을 귀에서 떼고 종료 버튼을 누르기까지의 몇 초가 아주 길게 느껴져 더 짜증스러웠다. 집 전화라면 수화기를 힘껏 내려놨을 것이다. 나노카와 호리는 집 전화라는 걸 써본 적 없을 것이다. 풋내기 주제에 애 같은 걸 만들어서 이 모양이지. 주체할 수 없는 분노로 혈관이 부풀어 올라 움켜쥔 주먹 위로 튀어나온다. 분노와 굴욕과 억울함, 딸에 대한 연민이 뒤죽박죽 뒤섞인 감정을 어쩌지 못해 구르듯 차에서 내려 곧장 5층으로 향했다. 열쇠로 열고 503호에 들어가니 짧은 복도가 끝나는 거실에서 나노카가 얼굴을 내밀었다.

"아빠, 무슨 일이야?"

“나노카.”

지금 자신의 얼굴은 어떤 표정일까? 모른다. 분노의 형상일까, 오히려 담담한 무표정일까. 나노카가 의아해하며 눈썹을 찌푸린 걸로 보아 평소와 다른 표정인 것만은 분명하다.

“아이, 포기해라.”

표현을 다듬을 여유도 없이 알리자, 나노카의 미간 주름이 순간 풀리더니 눈을 깜빡였다.

“무슨 소리야?”

“현실을 봐라. 당연히 안 되는 일이야. 그 녀석은 안 돼.”

“싫어.”

딸의 목소리가 떨리기 시작했다. 아, 눈을 감고 싶다. 귀를 막고 싶다. 아무 말도 하고 싶지 않다. 그러나 그럴 수 없겠지. 난 네 아버지니까.

“됐으니까 말 들어.”

평소 내지 않는 큰소리를 지른 순간 그를 지우듯 고함이 울려 퍼졌다.

“너, 무슨 소릴 하는 거냐!”

어머니가 나노카를 감싸듯 섰다고 생각했는데 다쓰로의 앞까지 성큼성큼 걸어와 힘껏 따귀를 갈겼다.

“자기 딸에게 아이를 지우라고 말해? 넌 사람도 아니야!”

어머니에게 혼나는 것도, 손찌검을 당하는 일도 처음이다. 존재를 무시하는 건 아니지만 의견을 냈을 때 "가만히 계세요"라고 일축하면 물러날 줄 알았다. 뜻밖의 격앙에 놀라 우두커니 서 있는 다쓰로를 "나가, 얼른 이 집에서 나가!"라며 등을 떠밀었다. 그 거친 손길에 놀라 뒷걸음치다가 손잡이에 허리가 부딪혀 묵직한 통증이 찾아왔다.

"나가라고!!"

어머니 손에 죽겠다고 진심으로 생각했다. 그 정도로 험악한 상황이었다. 다쓰로는 한마디도 항변하지 못하고 집에서 쫓겨났다. 게다가 문이 닫히자마자 잠금장치를 철컥 거는 소리에 회오리바람에 휘말렸다가 내동댕이쳐진 심정이 되어 한동안 넋을 놓았다. 지금, 이건 뭐지? 아니, 비난받아 당연한 일일지 모르겠으나 그래도 저런 모습을 본 적은 한 번도 없다. 새하얘진 머릿속 한편에 그 꿈속의 손이 되살아난다.

그거, 혹시 어머니의 손이었나.

벌레 한 마리도 못 죽이는 성격이라고 생각한 어머니가 저런 격정을 품고 있다. 옆집 아기를 걱정하던 어머니. 나노카가 말한 '학대'라는 단어. 아기와 얽힌 불온한 공기가 악몽의 방아쇠였다면. 어머니가 늘 다쓰로에게 다정했던 것도, 옆집 아기를 걱정하는 것도, 나노카를 감싸는 것도, 죄책감의 반증이라면. 아버지가 그랬던 것처럼, 딸이 그랬던 것처럼, 어머니에게도 다쓰로가 모르는 일면이 있다면.

망상의 산물이라고 지나칠 수 없었다. 굳게 닫힌 문 너머에서 어머니와 나노카는 어떤 얘기를 나누고 있을지 다쓰로는 짐작 조차 하지 못했다.

업무 시간에 간신히 맞춰 도착했으나 전혀 일에 집중하지 못했다.

"이봐, 몸이 안 좋으면 오늘은 퇴근해. 그렇게 정신 놓고 일하면 사고 나."

두 시간쯤 지났을 때 상사가 지적했다.

"죄송합니다."

솔직히 주위에 폐를 끼치지 않을 자신이 없어서 순순히 고개를 숙이는 수밖에 없었다. 집으로 돌아간 다음에 어떻게 하지? 호리 가의 결정을 아내에게 전하고 딸을 데리러 간다. ……어머니의 화가 좀 식었기를 바랄 뿐이다.

한창 탈의실에서 옷을 갈아입는데, 로커에 놓아둔 스마트폰이 요란하게 진동하기 시작했다. 아내였다. 근무중에는 스마트폰을 보지 않는다는 사실을 알면서도 걸었으니 꽤 긴급한 일이 벌어진 게 분명하다.

"왜 그래?"

"다행히 전화를 받았네! 회사로 전화하려 했는데."

"무슨 일인데?"

"어머님이 병원에 실려 가셨어."

"어머니가?"

설마 혈압이 올라 혈관이라도 터졌나?

"맨션 계단에서 떨어지셨대. 지금 나노카가 병원에 따라가 있어. 생명에는 지장이 없다는데 당신도 올 수 있어?"

"응. 어느 병원인지 메시지로 알려줘."

왜 이런 일이 계속 벌어지는 걸까. 봄이잖아. 이제 좀 명랑하게 보낼 계절 아닌가. 이대로 아무도 모르는 땅으로 달려가면 후련할 것 같은데. 실행에 옮기지도 못할 일들을 상상하며 차를 운전했다.

어머니 맨션에서 가장 가까운 종합병원 로비는 조명도 최소한으로 줄여 조용했다.

"여보."

미쓰코가 대기실 의자에서 일어났다. 그 옆에서 딸이 붉어진 눈으로 잠시 다쓰로를 보고는 고개를 돌렸다.

"어머니는?"

"발목이 부러지셨대. 방금 진통제를 놨어. 머리도 부딪혀 의식도 흐리다고 의사 선생님이 오늘은 안정을 취해야 한대."

"그래……."

"나노카, 무슨 일이 있었는지 아빠한테 설명해."

미쓰코가 재촉해 나노카는 훌쩍이며 이야기하기 시작했다.

"아빠랑 싸우고 나서 할머니는 나를 신경 쓰느라 케이크라도 사자고 했어. 근처에 맛있는 가게가 있다고 잠깐 가서 사 오겠다며 나갔는데 영 돌아오질 않잖아. 스마트폰도 없어서 연락도 안 되고 난 열쇠도 없잖아…… 어떻게 하지 고민하고 있는데 한 시간쯤 지나서 관리인 아저씨가 왔어. 층계참에 쓰러져 있는 걸 다른 주민이 발견했나 봐. 관리인 아저씨가 구급차를 부르고 비상 연락망으로 엄마한테 전화해줬어."

"왜 계단을?"

"서두르셨겠지."

다쓰로의 의문에 미쓰코가 대답했다.

"엘리베이터가 안 와서 기다려야 했나 보지."

"내 탓이야."

나노카의 눈에서 눈물이 흘렀다.

"할머니, 정말 많이 아팠을 텐데 구급차 안에서도 내내 사과했어. 할머니가 잘못해 굴러서 너까지 힘들게 해서 미안하다고……"

아내가 어깨를 안아주자 어린애처럼 엉엉 울기 시작했다.

"음료수라도 사 올게."

다쓰로는 더는 참을 수 없어 자리를 떴다. 자판기의 불빛이 눈부실 정도로 하얗다. 나노카는 뭘 마시고 싶을까. 카페인은 안 되고, 주스는 살쪄서 싫다고 할지 모른다. 유산균 음료, 향이 첨가된 물, 오히려 단팥죽이나 옥수수 수프가 좋을까? 빼곡하게 줄지어 있는 음료수 앞에서 딸이 마실 거 하나 고르지 못하는 자신이 너무나 무능하게 느껴졌다. 옛날에는 환타 그레이프나 칼피스면 좋아했는데.

"여보."

뒤에서 조용히 부르는 소리가 들렸다.

"아니, 나노카랑 있어야지."

"화장실에 갔어. 그 애 앞에서는 좀……."

"응?"

"관리인 아저씨가 내게 전화하고 어머님을 병원에 실어 보낸 다음에 1층 계단에 있는 CCTV를 확인했대. 뭘 그렇게까지 하나 싶었는데 서두르며 계단을 달려 사라지는 여자가 찍혔대."

"응? 하지만 본인이 혼자 넘어졌다고 했잖아?"

"응. 관계없는 일일지도 몰라. 그러나 관리회사로서는 경찰에 신고해 분명히 해야 한다고 하더라."

"그 여자가 누구야?"

"그건 알려주지 않았어."

그 맨션에서 다쓰로가 아는 여자는 곤도 시즈카밖에 없다. 한 번 잘못 봤다고 다쓰로에게 따지고 들었을 정도니까 어머니를 멀리했을 가능성도 있다. 그렇다고 계단에서 밀어 쓰러뜨릴 이유까지 되나? 어머니의 기억은 일시적으로 혼탁한 걸까, 아니면 범인을 감싸는 걸까.

"내일 어머니에게 확인하는 수밖에 없겠네."

"그렇지……. 아, 나노카 왔다."

결국은 빈손으로 로비에 돌아오니 나노카가 조그만 주머니를 내밀었다.

"할머니의 장바구니야. 지갑 속 물건들이 흩어져 있어서 일단 다 모았는데 없어진 게 있는지 확인해봐."

"아, 그래."

어머니의 소지품 같은 거 전혀 모르지만 일단 하나씩 확인하면서 지퍼가 달린 지갑에 넣었다. 동전, 영수증, 현금 카드, 진찰권, 보증서, 이 밖에도 스탬프 카드와 쿠폰 종류가 많았다. 그러고 보니 어머니는 이런 거 잘 정리 못했지? 오래된 연하장을 종이 상자에 계속 던져 넣어뒀다가 아버지에게 혼났던 게 떠올랐다. 이런 상황인데도 마음이 풀려 풋 웃음이 나왔다. 아니, 이 헌혈 카드는 도대체 언제 거야?

빨간 카드를 별생각 없이 뒤집은 순간 눈에 들어온 글자를 그대로 읽고 말았다.

"마키노 후미에. AB 플러스."

"응?"

미쓰코가 되물었다.

"어머니, AB형이야? 내가 O형인데?"

"어?"

이번에는 나노카가 말했다. 어머니와 딸은 서로의 얼굴을 바라보더니 입을 다물었다. 다쓰로가 착각한 건 아닌 모양이다.

"부모 중 하나가 AB형이면 O형 자식은 못 나오는데."

"당신, 지금까지 어머님 혈액형을 몰랐어?"

"궁금해한 적이 없지. 나도 헌혈한 적 있으니까 내가 틀린 것도 아냐."

"그러면 뭐야? 할머니랑 아빠는 친자 관계가 아니라고?"

"여보. 침착해."

아무리 봐도 달라지지 않을 헌혈 카드에서 눈을 떼지 못하고 있자 미쓰코는 어깨를 다독이며 말했다.

"정말 아무것도 몰랐어? 아버님에게 아무 말도 못 들었어?"

"응."

"호적 등본을 본 적은?"

"없어. 여권도 안 만들었고. 혼인 신고할 때도 제출한 구청이 본적지라 필요 없다고 했어."

"아, 맞다."

"앨범은? 당신 아기 때 사진 같은 거."

"피로연 영상에 사용했으니까, 있지. 그런데 어머니랑 같이 찍은 게 있냐면 모르겠어."

"할아버지랑은 확실히 혈연이야. 똑 닮았으니까."

나노카의 발언에 아내도 크게 끄덕였다. 그렇다면 낳아준 어머니가 따로 있고 어떤 이유로 지금 어머니가 후처로 들어왔다는 소리다. 이혼 또는 사별.

"……이런 이벤트는 보통 인생의 전반기에 생기지 않나?"

"나노카, 무슨 소리야?"

"아니, 그렇잖아. 열여덟이나 스물이라면 몰라도 쉰 살에 출생의 비밀로 고민한다는 게 솔직히 웃기고 반세기나 모자로 살았는데 이제 사실이 뭐든 상관없잖아?"

"아니, 그게…… 듣고 보니 그러네."

"할머니한테 물어보는 수밖에 없겠네."

완전히 평소 상태로 돌아온 나노카가 명쾌하게 말했다.

"물어보는 게 무서우면 옆에 있어줄게."

"나노카! 아빠가 아무리 놀랐어도 자식 앞에서 말하고 싶지는 않겠지! 그만해!"

"미, 미안해."

"목마르다. 환타 그레이프 좀 사 와."

고교생 딸이 임신했다. 악몽에 시달리기 시작했다. 딸의 남자는 아무래도 겁을 먹은 모양이다. 어머니가 계단에서 떨어졌다. 혹은 밀려 떨어졌다. 그리고 지금 나이 오십이 되어서 출생의 비밀을 알아버린 듯하다. 생각할 게 너무 많아서 머릿속이 엉망진창인데 그런 자기 곁에 아내와 딸이 평소와 다름없이 있는 게 기뻤다.

그날 밤은 도무지 잠들지 못해 꿈도 꾸지 않았다. 아침에 어머니의 일용품과 갈아입을 옷을 가지러 맨션에 가니 문 앞에 곤도 시즈카와 정장 차림의 남자가 서 있었다.

"죄송합니다!"

시즈카는 뜻밖의 만남에 당황하는 다쓰로를 보고 땅에 손을 대고 사과했다. 뭔가가 떨어져 나간 듯 평범한 여자로 보였다. 조금 늦게 남자도 여자의 행동을 따라 했다.

"제 아내 탓에 마키노 씨가 다치셨습니다. 경찰에 가기 전에 아무래도 직접 사죄를 드려야 할 듯해 기다리고 있었습니다."

이 남자가 문패에 적힌 곤도 히사토시인가. 이어진 사건으로 감정 소모가 심해서 그랬을 수도 있겠으나 무릎을 꿇은 곤도 시즈카의 야윈 어깨를 보고는 화를 낼 수 없었다.

"일단 들어오세요."

다쓰로는 이웃의 눈도 있어 둘을 재촉해 소파에 앉게 하고 자기는 선 채 말을 꺼냈다.

"어머니 상태는 말이죠, 발목 골절과 가벼운 타박상으로 생명에는 지장이 없습니다. 그렇다고 웃어넘길 일은 아니지요. 어머니는 제 딸에게 혼자 굴러떨어졌다고 설명했습니다. 당신을 감쌀 마음인 듯한데 그 이유를 알고 싶습니다."

“마키노 씨가……."

곤도 시즈카는 목이 메어 손으로 얼굴을 감쌌고 히사토시가 아내의 어깨를 감싸며 말했다.

“제가 말씀드리겠습니다. 일단…… 저희 아기 얘기인데요. 아내는 임신하지 않았습니다."

“네? 하지만……."

“맞습니다. 마키노 씨에게도 맨션 사람들에게도 아기가 태어난다고 했죠. 아내는 뱃속에 다른 걸 넣어 임신으로 가장했습니다. 아이를 맞이하려고요. 저희는 대리모와 계약했습니다."

엄마 모임에 초대했는데 거절했다는 나노카의 이야기가 떠올랐다. 진짜 임신부와 접촉하면 위장을 들킬 우려가 있었기 때문이었을까.

“저는 원래 자궁 내벽이 얇아서 임신과 분만을 견딜 수가 없대요."

곤도 시즈카가 가녀린 목소리로 이야기하기 시작했다.

“그래도 난소는 정상이었어요. 이상하게 들릴지 모르겠으나 부부 둘만의 생활도 온전히 행복했지만, 온 세상이 팬데믹에 빠져 미래가 불안해질수록 아이를 바라는 마음이 나날이 커져 억누를 수가 없었어요. 그래서……."

“저, 제가 틀렸다면 죄송한데 일본에서는 대리모 출산이?"

“맞아요. 인정되지 않죠. 그래서 코디네이터를 통해 해외 대

리모 출산을 계획했습니다. 화상으로 여러 차례 의논하고 제휴
한 의료 기관에서 인공 수정하고 동결한 수정란을 그쪽에 보냈
어요.”

“그런 방법이……..”

“계획은, 대리모가 출산하면 남편이 현지에 가서 아이를 받
고 일본에 출생 신고를 제출해 아이 여권이 발행되면 바로 돌
아오는 거였어요.”

정말 복잡한 절차를 거치는구나. 틀림없이 비용도 상당했겠
다. 그러나 그들에게 이 일은 자기 아이를 품는 기쁨에 비하면
그리 어렵지도 않은 장애였을 것이다. 아무것도 없는 배로 아이
를 품은 척하는 일까지도.

“지금 그 아기는 어디 있나요? 계획대로라면 이미 태어났을
거 아닙니까? 어머니도, 이웃 주민들도 아기 모습을 보지 못해
걱정하고 있던데요.”

“아이는…… 사쿠라는 벌써 한 살이 넘었어요. 딸이에요.”

곤도 시즈카는 우는 것도 웃는 것도 같은 기묘한 표정을 지
으며 말했다.

“대리모가 합법인 몇몇 나라 중 하나가 우크라이나예요.”

할 말을 잃었다. 최근 일 년 동안 텔레비전과 인터넷으로 수
없이 본, 그 소식마저도 최근에는 상당히 줄어든 먼 이국의 참
상이 떠올랐다.

"설마 그런 일이 터질 줄은 몰랐어요. 예정일이 다가올 무렵부터 사태가 긴박해져 어떻게 해볼 도리가 없었어요. 틀림없이 괜찮을 거야. 전쟁은 안 일어날 거야. 자신을 다독일 수밖에 없었죠. 그런데 결국……."

무너지듯 상체를 숙이는 여자의 등을 히사토시가 살살 다독인다.

"딸이 태어나고 얼마 안 지나 러시아의 공격이 시작되어 도무지 제가 그곳에 갈 수 있는 상황이 아니었습니다. 대리 출산으로 태어난 아기들이 있던 병원도 폭격당해 사쿠라는 행방불명이 되었어요. 혼란 속에서 대리모가 사쿠라를 데리고 도망쳤어요. 원래는 출산 한 달 뒤 아이와 분리되고 그다음은 절대 접촉하지 않는 게 원칙인데. 태어나는 날 동영상을 보낸 이후 사쿠라의 얼굴도 못 봤습니다. 그래도 우리는 이제 그 애 외에는 생각할 수 없어요. 틀림없이 무사히 보호되어 우리 셋이 살날이 오리라 믿었습니다. 사쿠라를 데려오면 병원에 내내 입원했던 걸로 하자고 정해놓았죠. 설마 일 년이나 정세가 나아지지 않을 은……. 아내는 몸과 마음 다 피폐해져 이웃들이 대리모 출산을 다 알고 수군댄다는 망상에 빠져 외출도 꺼리기 시작했습니다."

"어제는 도대체 무슨 일이 있었습니까?"

"전화가 왔어요."

곤도 시즈카가 몸을 잔뜩 웅크린 채로 대답한다.

"코디네이터의 전화였어요. 대리모는 사쿠라를 데리고 폴란드로 피난했답니다. 그 사람 가족은 공습으로 다 죽었고요. 그래서 사쿠라는 못 준다고요. 자기에게는 이제 이 애밖에 없다면서요. 그럴 수는 없다고 소리쳤어요. 내 아이야. 돌려줘. 제정신이 아닌 상태에서 일단 밖으로 나왔고 마키노 씨가 거기 있었어요. 딸을 데리러 가야 한다고 중얼대는 저를 안정시키려고 했는데 이 사람도 날 방해한다는 생각에 거칠게 뿌리쳤어요……. 그만 균형을 잃으시고……. 저는 여전히 흥분한 상태여서 도움을 청하지도 않고 맨션 밖으로 나와 정신없이 달렸어요. 피곤해 지칠 정도로 걷고 걷다가 더는 걸을 수 없어 주저앉고서야 정신이 번쩍 나더라고요."

"정말 죄송합니다."

히사토시가 다시 깊이 고개를 숙인다.

"오늘은 일단 돌아가시죠."

초췌한 두 사람에게 이 말 외에는 건넬 수 없었다.

병실에 들어서자마자 침대에서 살짝 상반신을 일으키고 있던 어머니가 토라진 말투로 입을 뗐다.

"일인실은 곤란해. 병원비가 많이 나올 텐데."

"여기밖에 빈 병실이 없었어. 돈은 안 내도 돼."

"어머, 그래? 그럼 느긋하게 있어볼까?"

"다인실에 자리가 나면 바로 옮겨준다고 했어."

"어머! 짠돌이!"

"몸은?"

다쓰로는 둥근 의자에 앉으며 물었다.

"진통제 효과가 좋아서 괜찮아. 수술하든가 깁스로 고정해야 한다더라. 어제 그랬어."

"그래? ……곤도 씨 부부가 집에 왔었어."

"어? 무슨 일이지?"

"알면서."

"노인이 계단에서 미끄러져 굴러떨어졌을 뿐이야."

어머니는 눈썹 하나 꿈틀대지 않고 단언하고는 더는 어떤 말도 하지 않겠다는 듯 입을 꼭 다물었다.

"……나 참. 이길 방법이 없네."

"아, 그리고, 옷장에 친엄마 사진이랑 유품이 들어 있어. 구두 상자야."

"아이고, 알겠네요. ……뭐?"

너무 자연스럽게 말하는 바람에 흘려듣고 말았는데 지금 뭐라고 했지? 뚫어지게 어머니 얼굴을 바라봤다.

"그만 좀 봐라. 부끄럽게."

어머니는 쓸쓸하게 웃으며 얼굴 앞에서 손을 흔들었다.

"왜?"

"아까 얼굴을 본 순간에 알았다. 아, 다 들켰구나. 어떻게 알 았니?"

"헌혈 카드."

"그래……. 커튼 좀 쳐줄래? 눈부시구나."

"응."

실내가 어두워지니 어머니는 안심한 듯 눈을 감았다.

"언젠가 말해야 한다고 생각했어. 아버지는 당신이 알아서 하겠다더니 먼저 죽어버렸네. 남자들은 늘 비겁하다니까. 미안하다. 놀랐지?"

"응. 그런데 나노카가 쉰에 그런 고민을 하는 건 촌스럽다며 이제는 상관없는 일 아니냐고 하더라. 맞는 말 같기도 했고."

"나노카는 정말 대단하다니까. 퇴원하면 시설에 들어가야겠어. 아버지가 준 돈이 있으니까 그 맨션은 나노카한테 줄까 해. 거기서 아이를 키우면 되잖니?"

다쓰로가 대답하기를 기다리지도 않고 일방적으로 계속 말했다.

"첫 남편은 정말 악질이었어. 발로 차여 유산했단다. 시어머니도 최악이었지. 몸도 마음도 너덜너덜한데 아이를 죽였다느니 엄마 자격이 없다느니 몰아세우며 화를 냈어. 머릿속에서 선 하나가 뚝 끊어지더라. 울부짖으며 난동을 부렸지. 출동한 경찰을 물고 할퀴고. 정신을 차렸더니 정신병원 침대에 손발이 묶여 있었어."

어떻게 그런 일이 아무렇지 않게 일어날 수 있지? 의문을 품고 고개를 드니 어머니는 먼 곳을 응시하고 있었다.

"나 같은 여자는 아이를 낳지 않는 게 세상을 위하는 일이라며 내 허락도 없이 불임 수술을 했어. 최근 열심히 재판하는 그 사건* 말이다."

"남의 일이라고만 생각했는데……."

"지금도 내 일 같지 않아. 이름을 드러내고 싸우는 사람들은 정말 대단해. 나는 못 해. 입원중에 이혼당했어. 사실 그런 집에 돌아가봤자 언제 살해당할지 모를 판이니까 목숨을 구한 셈이지. 친정밖에 갈 데가 없었는데 처지가 옹색했다. 짐을 치워버리자는 식으로 부모님이 들고 온 혼처가 너희 아버지였다. 부인이 병으로 죽고 아직 두 살이 안 된 아들을 돌보느라 너무 힘들어 얼른 새 아내를 들여야 하는 처지라더라."

담담한 말투에는 컵에 가득 따른 물의 표면이 살살 흔들리는 듯한 위태로움이 가득했다. 그 밑에 있는 시커먼 물의 깊이는

---

* 일본은 제국주의 시대에 '좋은' 일본인을 양성한다는 취지로 1940년 '국민우생법'을 제정하고 장애나 질환을 지닌 사람들에게 불임과 임신중단 수술을 자행했다. 제2차 세계대전 패전 후에는 경제 위기와 인구 증가라는 문제를 해결하기 위해 폭넓은 임신중단의 허용, 장애인이나 병자 등 불특정 다수에게 불임 수술이나 임신중단 수술을 시행하는 골자의 '우생보호법'을 1948년에 제정하고 1996년까지 시행했다. 2018년 우생 수술에 대한 국가배상 청구 소송을 제기하며 비로소 이 일이 일본 사회에 알려져 전후 최대의 인권 침해 사건으로 사회적 문제가 되었다. 이에 일본 정부는 2024년 강제 불임 보상법을 시행해 일련의 소송에 참가한 피해자를 대상으로 한 보상 제도를 제정했다.

어머니밖에 모를 것이다.

"그런데 아버지는 다정했고 너는 너무 귀엽더라. 이제까지의 인생이 뭐였나 싶을 만큼 즐거웠다. 고마웠다."

어린아이를 보는 듯한 눈빛에 부끄러워졌다. 어릴 때라면 바로 품에 뛰어들었을 텐데.

"갑자기 왜 그런 말을 해."

"할 수 있어서 다행이야. 비밀로 하고 죽으면 네 친어머니에게 미안하잖아. 그런 의미에서는 곤도 씨에게 감사해야겠네. 아, 나 혼자 굴렀지만."

다쓰로가 곤도 부부의 사정을 알려주자, 다 들은 어머니는 "안쓰럽기도 해라"라고 중얼거리고는 조용히 눈물을 흘렸다.

"곤도 씨도, 우크라이나의 어머니도 안됐어. 이 세상에는 참 가슴 아픈 얘기가 많구나."

"어머니. 나, 철들기 전에 누군가에게 목이 졸린 느낌이 들어. 하얀, 여자 손……. 그거 혹시 친어머니일까?"

"나야 모르지."

어머니는 눈물을 닦았다.

"본인은 오래 살지 못한다는 사실을 알았겠지. 게다가 너는 몸이 약했고. 몹쓸 생각을 했을지도 모르겠다. 인간이니까. 그 정도 얘기겠지. 무엇보다 너는 지금 여기 살아 있잖니."

"응."

그 가냘픈 손에 담긴 감정은 증오나 살의가 아니라 슬픔과 억울함과 참회였을 수 있다. 시트 위에 놓인 어머니의 늙은 손을 바라보며 생각했다.

'어떻게 됐어?'

미쓰코와 나노카의 걱정스러운 메시지가 도착했다. 다쓰로는 두 사람에게 '괜찮아'라고 답했다. 뭐가 어떻게 괜찮은지는 모르겠으나 자신을 위해 그렇게 대답했다.

졸음을 참으며 핸들을 쥔다. 길거리를 오가는 사람은 대부분 마스크를 쓰고 있는데 내년 봄에는 완전히 달라질지도 모른다. 어쩌면 상황이 더 나빠져 여전히 마스크 사회일지 모른다. 내년, 나노카는 엄마가 될지 모른다. 사쿠라라는 아기는 곤도 부부와 살지도 모른다. 모르겠다. 다쓰로가 어떻게 할 수 없는 일뿐이다.

다시 어머니 집에 들러 옷장을 뒤져 구두 상자를 꺼낸다. 뚜껑을 여니 사진과 모자 수첩, 보석 상자 등이 들어 있다. 흑백이나 세피아에 가까운 사진 속의 친어머니를 봐도 특별한 감정이 생기지 않는다. 역시 감성이 파릇파릇했을 때 봐야 했어. 딸의 말이 옳았음을 절감한다. 그렇다고 왜 일찍 보여주지 않았냐고 어머니에게 따질 마음은 조금도 없다.

사진 아래에서 케이스에 든 테이프를 하나 발굴했다. 오랜만이라 반가운 마음에 절로 소리가 나왔다. 라벨은 없다. 오! 여기에 담겨 있으므로 친어머니와 관계있겠으나 어머니가 대충 쑤셔 넣었을 수도 있다.

호기심이 졸음을 이겼다. 다쓰로는 가전제품 판매점에 가서 싸구려 카세트 플레이어와 조그만 건전지를 샀다. 주차장에 세워놓은 차에서 얼른 건전지를 넣고 카세트를 끼워 재생 버튼을 누른다. 오래되어서 잡음만 들린다. 아니면 테이프가 엉켜 못 듣게 되는 상황도 각오했다. 그때 차르르르…… 가슴이 철렁하는 소리가 울린 다음 느닷없이 여자 목소리가 들려왔다.

—다쓰로, 잘 들려? 없는 사람에게 말하는 거 느낌이 이상하네. 오늘은 다쓰로의 한 살 생일이야. 축하해. 엄마는 병원에 있어서 축하한다는 말을 해주지 못했어. 목소리만이라도 들려주고 싶어서 녹음중이야.

병실인지, 주위에 사람들이 있는 데서 녹음했나 보다. 수런거림과 발소리, 간호사인 듯한 사람의 "검사요!"라는 목소리가 섞여 있다. 동영상 촬영도, 화상 통화도 일반인과는 거리가 멀었을 시대의 어머니 육성. 살아 있었구나. 처음으로 가깝게 느껴졌다. 살아서 아버지와 결혼하고 나를 낳았다. 그리고 스마트폰도 팬데믹도 21세기의 전쟁도 모른 채 죽었다.

—다쓰로, 집에 있어주지 못해 미안해. 그래도 엄마는 늘 널 생각해. 두 살 생일날은 같이 지낼 수 있게 노력할게. 자, 살짝

부끄럽기는 한데 노래할게.

가벼운 헛기침 소리가 들린 뒤 익숙한 멜로디가 들려왔다.

─생일 축하합니다, 생일 축하합니다, 사랑하는 우리 다쓰로, 생일 축하합니다…….

작은 새처럼 가련한 소프라노였다. 자신과 비슷한 것도 같고 아닌 것도 같다. 어머니는 나와 달리 노래를 잘했구나. 그리고 어머니는 나처럼 음치였네. 다쓰로는 되감기 버튼을 누른다. 차르르, 테이프 마찰하는 소리가 나며 테이프가 감긴다. 다시 생일 축하 노래를 듣는다. 시간은 돌이킬 수 없으나 반복할 수는 있다. 나노카, 호리, 이웃, 먼 나라의 전쟁, 두 어머니. 내 손에 닿지 않은 곳에서 이루어진 모든 인생과 운명과 사건이 음표에 실려 하늘로 날아가는 듯했다. 열여덟이나 스물이 아니라 쉰 살에 이 노래를 듣길 잘했다. 흐르는 눈물을 닦을 생각도 못 하고 한 번, 두 번, 세 번 아름다운 축복의 노래에 귀를 기울였다.

잔물결 드라이브

　화창한 토요일인데 교외 역에는 인적이 거의 없었다. 골든위크 때는 그럭저럭 사람들로 북적였을까. 아니, 큰 차이가 없었다는 데 한 표. '평준화'라는 축제에서 뒤떨어진 이 도시의 쓸쓸한 분위기는 삼 년 전을 연상시켜, 한산한 공기를 묘하게 그리워하는 자신에게 쓴웃음을 짓게 했다. 지난 삼 년 동안 수없이 맛봐야 했던 숨 막히는 폐쇄감, 출구가 보이지 않는 초조함. 미래를 보는 사람이 있다면 알려달라고 수없이 기도했다. 도대체 언제쯤이면 세상은 원래 모습으로 돌아와? 집에 갇혀 있어야 했던 낮, 한적한 거리를 걷던 밤, 한없이 고민하는 시간이 지나가면 하룻밤의 악몽처럼 "참 길었지?"라는 말을 나누며 길다는 실감마저 흐려지겠지.

예정보다 훨씬 일찍 도착하는 바람에 지붕도 없는 플랫폼에 덩그러니 놓인 벤치에 앉았다. 기다리는 사람은 아마도 삼십 분 뒤 도착하는 열차를 타고 올 것이다. 고개를 드니 신록이 싹트는 산과 한없이 푸르른 하늘, 그 단순한 풍경에 건조한 눈이 편안해지는 느낌이다. 온 세상이 숨을 죽인 기간에는 대기오염도 개선되는구나. 불 꺼진 번화가에서 느긋하게 별을 바라보고 싶다고 생각했으나 결국은 한 번도 보러 가지 않았다. 시간이라면 차고도 넘쳤는데. 불어오는 5월의 바람을 조용히 맞고 있자니 쓸데없는 생각이 머릿속을 스치고 지나간다. 아픈 기억도 이렇게 다 바람에 실려 날아가면 좋으련만. 그런 생각에 잠겨 있는데 다음 열차가 도착했다.

각기 다른 차량에서 승객 세 명이 내린다. 틀림없이 저 사람들이다. 말을 걸어볼까. 잠시 망설였으나 아니면 창피하니까 원래 만나기로 한 장소인 개찰구 밖으로 이동했다.

개찰구를 나오니 예상대로 세 사람이 당황스러워하며 우두커니 서 있다. 나보다 조금 어린 이십대 후반 정도로 보이는 여자와 더 어린 소녀, 중년 남자였다. 여자는 마스크를 쓰지 않고 대신 연한 라벤더 색깔의 스톨을 목에 감고 있다. 초여름 소풍 같은 분위기가 물씬 풍기는 옷차림이다. 다른 두 사람은 얼굴의 반을 가린 마스크에 모자까지 쓰고 소녀는 안경을, 남자는 짙은 선글라스를 껴서 인상을 거의 알아볼 수 없었다. 아주 최근까지 안심을 상징하던 마스크가 여기서는 불온한 아이템으로 여겨지는 이유는 오늘 이곳의 쾌청한 날씨와 평화로운 풍경과 어울리지 않기 때문일 것이다.

"아, 혹시, 트위터……?"

어떻게 말을 걸어야 할지 망설이는데 스톨을 한 여성이 먼저 말을 걸어왔다.

"네, 맞아요."

"계정을 말씀해주실래요?"

"……'오이 너무 싫어'예요."

적당히 붙인 계정 이름을 입 밖에 꺼내는 게 부끄러워 기어들어가는 목소리로 대답했는데 여자는 전혀 신경 쓰지 않고 고개를 끄덕이며 말했다.

"아, 네. 오이 너무 싫어 씨."

굳이 반복해서 말하지 않아도 되지 않나?

"처음 뵙겠습니다. 저는 마리골드예요. 그리고 이쪽 남자분이 팥빙수 씨. 여기 여학생이 케이트 모스 씨."

그들은 나란히 고개만 살짝 끄덕여 인사했다. 이렇게 썰렁한 반응이 오히려 편하다. 앞으로 있을 일에 어울리는 태도인 듯도 하고.

"그리고 한 사람 더, 동물원의 겨울 씨가 차로 우리를 데리러 올 텐데…… 아직 안 온 모양이에요. 출구는 여기뿐이니까요."

역 앞에는 버스정류장과 역 건물과 함께 있는 편의점, 셔터를 내린 이자카야 정도만 보일 뿐이다.

"동물원의 겨울 씨와 개별적으로 메시지를 주고받으세요?"

마리골드의 질문에 우리 셋은 나란히 고개를 저었다. 오늘 모임을 만든 사람도, 만날 장소를 정하고 주도적으로 추진한 사람도 다 '동물원의 겨울'이라는 계정으로 나이도 성별도 모른다. 트위터에서 늘 존댓말을 쓰고 응답도 성실하게 해서 믿을 만하다는 느낌을 받았을 뿐이다. 인터넷에서의 이미지란 믿어서는 안 된다는 건 너무나 잘 알지만 아마 다른 사람들도 비슷한 느낌일 것이다. 약속 시각이 지났는데도 간사가 나타나지 않자 살짝 불안한 분위기가 감돈다.

"지금 메시지 보내볼게요."

'도착했습니다. 다 모여 있어요.'

스마트폰을 꺼내 동물원의 겨울에게 짧은 메시지를 보낸다.

"속았나?" 마리골드가 차도를 바라보며 중얼거렸다.

"어? 그건 싫은데. 이런 시골까지 왔는데."

케이트 모스가 가냘픈 목소리를 냈다.

"그러게요. 그런데 정말 이렇게 취소되면 어쩌죠?"

시험하는 질문. 실제로 시험하고 있다. 우리 의지를, 결심을, 각오를. 아무도 대답하지 않았다. 피차 서로를 살필 뿐이다. 마침내 팥빙수가 입을 열었다.

"다른 사람에게 묻기 전에 당신은 어떻게 할 건데?"

수상쩍은 모습과는 전혀 어울리지 않는 낮고 부드러운 목소리에 깜짝 놀랐다. 어디에선가 들은 목소리인데. 기분 탓일까. 그렇지만……. 생각에 잠겨 있는데 마리골드가 가볍게 한 손을 든다.

"혹시 저거 아닐까요?"

상황과 어울리지 않게 묘하게 상쾌한 라임그린 색깔의 미니밴이 다가오는 게 보였다. 차는 우리 바로 앞에 정차했고 운전석에서 내린 남자가 꾸벅꾸벅 고개를 숙이며 말했다.

"기다리게 해서 죄송합니다."

정수리 근처까지 후퇴한 희끗희끗한 머리, 돋보기일 수도 있는 은테 안경 너머 수박씨만큼 조그만 눈이 조심스레 움직이고 있다. 분명 가장 나이가 많을 텐데도 이상하리만치 비굴하게 자신을 낮추는 태도가 몸에 완전히 붙어 있다. 고생을 많이 한 사람일지도 모른다는 생각이 든다. 관공서 창구에 있으면 위압적이지 않은 이런 느낌이 오히려 편안함을 줄 텐데. 대응 부서나 서류 작성 방법을 친절하게 가르쳐줄 것 같다.

내 무례한 상상을 아는지 모르는지, "트위터에서 늘 신세를 졌습니다"라며 저자세를 풀지 않는 그에게 마리골드가 또박또박 설명한다.

"동물원의 겨울 씨세요? 처음 뵙겠습니다. 마리골드입니다.

그리고 오이 너무 싫어, 팥빙수, 케이트 모스 씨입니다. 방금 자기소개했어요.”

이 사람은 틀림없이 일을 잘할 것이다. 밝은 분위기에 의사소통 능력도 뛰어난 듯하고 옷차림이나 화장에도 빈틈이 없다. 그런데 왜 이런 데? 의문이 스쳤으나 그녀에게도 당연히 나름의 사정이 있었으리라는 생각에 바로 의문을 지웠다.

“그러셨어요? 다들 모이셨네요. 아, 다 모이다니. 이런 말씀 드리기는 그런데 솔직히 놀랐습니다. 모이자고 한 사람으로서 기쁘다고 해야 하나, 마음이 복잡하기는 하네요……. 아! 어서 차에 타세요.”

미니밴 운전석에 조금 전처럼 동물원의 겨울이 타고 중간 자리에 나와 팥빙수가, 뒷자리에는 마리골드와 케이트 모스가 앉았다.

“도로는 한가한데 마트에 사람이 많아서요.”

동물원의 겨울은 대단한 지각도 아닌데 변명을 계속한다.

“안 그래도 넓은데 뭐가 어디 있는지도 모르겠고 그런 것치고는 점원이 너무 적어 물어볼 수도 없어서 혼났습니다.”

“첫 번째 긴급 사태가 내려졌을 때 갈 데가 없어서 사람들이 마트에 쇄도했다던데 지금도 그런가요?”

마리골드가 싹싹하게 대응한다.

“야외 놀이나 캠핑을 하는 사람이 많다고 하더라고요.”

"이 차도 차박이 가능하겠어요. 좋은 차네요."

"이제는 중고죠. 혹시 오늘 아무도 안 오면 혼자 정처 없이 드라이브나 하려고 했습니다."

"그것도 즐겁겠어요. 그러고 보니 동물원의 겨울이라는 이름, 참 좋네요. 살짝 쓸쓸한 느낌도 들고."

"아니, 부끄럽네요. ……말씀하신 대로 겨울 동물원을 좋아합니다. 우에노처럼 멋진 곳이 아니라 지방의 조그만 동물원이 좋아요. 겨울 평일에는 안 그래도 얼마 안 되는 손님마저 없죠. 동물들도 추운 듯 잔뜩 몸을 웅크리고 있어서 애수가 느껴집니다. 좀 뒤틀렸달까…… 말하자면……. 아, 죄송합니다. 혼자만 떠들어서."

아무리 사소한 계기라도 다른 사람의 흥미를 끌어 질문받는 자체가 좋아 어쩔 줄 모르는 모습에 살짝 짜증이 났다. 동족 혐오다. 너무나 잘 알아서 싫다. 동시에 이런 모임에 올 법한 인간이라는 동질감을 느꼈다.

"마리골드 씨는 마리골드를 좋아하세요?"

"네, 그냥 좋아요. 팥빙수 씨는 팥을 좋아하세요?"

"별로."

팥빙수는 무뚝뚝했다. 쑥스러워 저럴지도 모른다.

"케이트 모스는 틀림없이 그거? 모델?"

나는 그 이름을 몰랐으나 유명인인가 보다.

"죽을 만큼 좋아해요. 화보 엄청나게 모았어요. 스마트폰에 사진도 수천 장 있고." 케이트 모스가 고개를 까딱 끄덕이며 대답했다.

"와, 대단하네. 오이 너무 싫어 씨는 오이를 싫어하시나?"

"……네."

마리골드의 웃음을 머금은 목소리에 뺨이 뜨거워졌다. 놀리는 게 아님은 안다. 그러나 쓰고 버리는 계정에서조차 다들 좋아하는 것을 생각하는데 제일 먼저 싫어하는 것을 떠올린 자신의 인간적 본질 같은 게 드러난 듯해 견딜 수 없었다.

"어쨌든 좀 그렇지 않아요? 스스로 붙인 가명이라 해도 코드명으로 서로 불리니 낯간지럽다고 할까, 웃긴다고 해야 하나……."

"코드명 같은 거라고 한 적 없는데."

"그렇기는 하죠. 저는 모리라고 합니다."

팥빙수의 쓴소리에 동물원의 겨울은 실실 웃으면서 이름을 댔다.

"인터넷에서는 본명을 쓰면 안 될 듯해 편의상 쓴 이름이에요. 익숙한 이름이 편합니다. 이제 그렇게 불릴 기회도 없을 테고요."

"어? 난 어떻게 하지……? 그냥 마리골드로 할래요. 그보다 이런 상황에서 이렇게 대화하는 게 이상하네요."

마리골드가 말을 끊자마자 차 안 공기가 갑자기 무거워졌다.

"이제 죽을 텐데."

나이도 처지도 제각각인 우리는 하나의 목적으로 트위터에서 연결되어 한자리에 모였다. 함께 자살하려고. 나는 내 삶을 견디기 힘들어 죽고 싶다. 그러나 혼자는 용기가 나지 않아 함께할 사람이 필요했다. '자살'이라는 검색어를 치면 원치도 않은 상담 창구로 유도하는 웃기지도 않은 세상에서, 여자 중고생의 투신자살 동영상이 트렌드에 오르는 무법 지대에서 같은 종류의 인간을 찾는 건 너무나 쉬웠다. 그런 종류의 해시태그를 통해 다양한 계정을 음미하다가 '동물원의 겨울'에 도달했고 다섯 명이라는, 내가 보기에는 많지도 적지도 않은 적당한 그룹에 가입할 수 있었다. 죽고 싶다, 죽고 싶다고 말만 해댈 뿐 꼼짝도 하지 않는 사람들보다 실행력 있는 사람들과 합류할 수 있었던 건 행운이다. 쓸쓸한 역을 나와 사람이 다니지 않는 산길을 향해 달리는 차 트렁크에는 모리가 사 온 연탄과 화로가 실려 있다.

"그건 그렇고 정말 좋은 날씨네요."

룸미러에 비친 모리의 눈에는 웃음 주름이 자글자글 새겨져 있다.

"안타까운 일인지 고마운 일인지 모르겠네요."

정말 이제부터 다 죽는 건가? 여전히 현실감이 없어 스마트 폰으로 케이트 모스를 검색해본다. 눈빛이 날카롭고 마른 여자 사진이 나왔다. 미인이기는 하나 '죽을 만큼 좋아한다'라는 부류에 들어갈 만큼 푹 빠질 마음은 안 든다. 여자의 취향은 언제나 불가사의하다.

"그런데 여러분, 그건 다 가져오셨나요?"

"네. 유서라는 거 의외로 어렵더라고요. 이리저리 너무 많이 쓰다가 버리고, 너무 단순하면 잘난 척하는 것 같고. 초등학교 독후감 때처럼 고생했어요."

"마리골드 씨의 유서는 밝을 것 같습니다."

"그러면 너무 바보 같지 않을까요?"

"아니, 그런 의미가 아니라."

앞쪽에 터널이 보이기 시작하자 마리골드가 뒷자리에서 몸을 내밀었다. 얇은 스톨이 내 귀에 살짝 닿아 간지러웠다.

"저기 좀 봐요. 산속에 등꽃이 잔뜩 피어 있어요."

정말, 산등성이 여기저기에 옅은 보라색이 물결치듯 펼쳐져 있다. 공원의 등나무 줄기에서 일정하게 늘어진 모습과 달리 야생의 박력이 느껴진다.

"아, 진짜다! 철인가? 마리골드 씨 머플러도 같은 색이네요."

"스톨이라고 불러주세요."

"죄송해요. 패션은 잘 몰라서."

"산에 한가득 피어 있으면 더 예쁠 텐데."

모리와 마리골드의 한가한 말에 팥빙수가 찬물을 끼얹었다.

"작작 좀 해요."

차가 터널로 들어가자, 선글라스를 낀 옆얼굴이 창문에 비쳐 콘크리트 벽면과 이중으로 그려졌다.

"등나무 덩굴이 번식해 나무를 칭칭 감으면 그 나무는 말라 죽어. 보통 '목 졸린 나무'라고 부르는 현상이지. 아주 문제야. 제대로 관리되지 않아 삼림이 훼손되었다는 증거야. 임업에 종사한 우리 아버지는 등나무를 눈엣가시로 여겼어."

갑자기 유창하게 발언하기 시작해서 나와 마리골드는 그를 바라봤고 케이트 모스도 스마트폰에서 고개를 들었으며 고개를 돌리지 못하는 모리는 "어!"라고 말하듯 룸미러 속에서 눈만 깜빡거렸다. 역시 미성이고 어디선가 들은 것 같다.

"나랑은 상관없는 일이지만."

팥빙수는 주목받는 게 불편했는지 이렇게 덧붙이고 모자챙을 더 내렸다. 순식간에 터널을 빠져나오니 앞 유리창에는 다시 5월의 밝은 햇살이 쏟아진다.

"아닙니다. 많이 배웠습니다."

모리는 혼자 연신 고개를 끄덕이고 목을 가다듬은 다음 말을 꺼냈다.

"그런데…… 이런 걸 물어도 되는지는 잘 모르겠는데 궁금증

을 안은 채 죽으려니 좀 이상해서……. 팥빙수 씨 혹시 배우 엔
도 미쓰오 씨 아닌가요?”

순간, 내 머릿속에서 꼬여 있던 회로가 하나로 이어져 갑자기
안개가 걷힌 듯한 상쾌함이 찾아왔다. 앗! 마리골드도 조그맣
게 비명을 질렀다. 맞다, 엔도 미쓰오다. 두 시간짜리 단막극이
나 드라마 시리즈의 주·조연급 연기자로 아주 눈에 띄는 배우
는 아니나 어디 나와도 위화감이 없는, 팔방미인 조연이다. 주
인공의 친구 아버지나 단골 이자카야의 주인이나.

“진짜다! 엔도 씨다! 나 〈지하 수사관〉 시리즈 봤어요!”

아무래도 예의상 소리를 높인 마리골드와 대조적으로 옆자
리의 케이트 모스는 그를 모르는지 다시 고개를 숙이고 스마트
폰을 만지기 시작했다. 팥빙수는 가볍게 혀를 차기는 했으나 부
정하지 않았다는 건 사실이란 소리다.

“아이고, 이제 후련하네요. 태어나서 처음으로 연예인을 보
네요.”

“처음이자 마지막이 이런 한심한 놈이라 미안해.”

“말도 안 돼. 애당초 왜 엔도 씨 같은 분이 이런 모임에…….”

팥빙수, 즉 엔도 미쓰오는 짜증스럽게 모자와 마스크를 거칠
게 벗고 내뱉었다.

“아니, 당신들이 더 잘 알 텐데.”

차 안에 어색한 공기가 흐르고 그럴듯하게 만든 듯한 새 지

저쪽이 들려온다. 의외로 케이트 모스가 입을 열었다.

"엔도 미쓰오 SNS에서 화제."

아무래도 스마트폰으로 찾아본 모양이다. 화제라는 단어에 엔도의 입가가 일그러진다.

삼 년 전, 첫 긴급 사태 선언이 떨어졌을 때 엔도 미쓰오는 지인이 경영하는 바에서 회식을 열었고 취한 채 가게에서 나오는 모습이 주간지에 찍히고 말았다. '밀실에서 은밀하고 요란한 술자리'라는 제목과 함께 사진과 기사가 인터넷 뉴스 헤드라인을 장식했다. 자유롭게 돌아다니지 못해 답답했던 대중들의 비난은 어마어마했다. '#엔도미쓰오의하차를요구합니다'라는 해시태그가 미친 듯이 퍼져 고정 출연중인 드라마 시리즈에서 부자연스럽게 퇴장당했고 연극과 영화 일도 차례로 백지화되었다. 그때는 마녀사냥 같은 규탄이 일상다반사로 일어났다. 일종의 오락이었다고 생각한다. 고향으로 돌아왔다거나 단체로 행동했다고 이름이나 학교, 직장까지 까발려져 중죄인 취급당했다. 엔도 미쓰오는 유명인이라 더 지독하게 당했다. 비슷한 내용의 속보가 계속 인터넷에 올라가고 과거의 아주 사소한 일까지 드러났고 똑같은 비난 댓글이 줄줄이 달렸다. 놀 만큼 놀고 시들해진 여론은 마침내 잦아들었으나 사라진 일은 돌아오지 않았다. 그 화제 이후 그가 모든 걸 잃었음을 이 순간까지 의식하지 못했다. 물론 비난에 가담한 적은 없으나 죄책감에 찌릿찌릿 위가 아팠다. 왕따를 보고 못 본 척하는 것도 같은 죄지.

"맞아. 난 규칙을 어겼어. 미안해. 그건 인정해."

마스크를 벗은 엔도의 입에서는 알코올 냄새가 났다. 이번 생의 마지막 술이었을까. 나는 최대한 깨끗한 상태로 죽으려고 어제부터 금식했는데.

"그러나 그렇게까지 비난받아야 할 일이었나? 술자리를 하고 싶었던 게 아니야. 데뷔 때부터 신세를 진 가게가 망한다고 해서 조금이라고 돕고 싶었어. 소속사와 본가에도 비난 편지가 쏟아졌고 살해 예고까지 듣고 일도 다 끊겼어. 당시 감염자 수, 기억해? 하루 천 명도 안 됐어. 달랑 천 명에 겁먹고 서로 감시하다니. 멍청한 짓도 정도가 있지. 이후로는 하루에 만 명이나 되어도 세상이나 경제는 돌아가고 다들 병은 무시하게 되었어."

이런 상황인데도 진짜 배우의 발성에 잠깐 넋을 놓고 말았다. 술에 취했는데도 성량이 아마추어와는 전혀 다르다. 이 기술을 익히기까지 수많은 시간과 노력이 필요했을 것이다. 물건을 훔친 것도 아니고 사람을 다치게 한 것도 아니다. 단 한 번의 술자리로 모든 게 거품이 되다니, 너무 지독한 각본이다.

"아무 일도 없었던 듯 말간 표정을 짓는 놈들에게 알려주고 싶어. 너희들의 알량한 정의감이 어떤 결과를 일으켰는지. 그것조차 금방 잊을 테지만 손해 볼 건 없지. 그래서 오늘 여기 온 거야. 모리 씨라고 했나? 취지에 딱 맞지?"

"아, 네. 충분하죠."

모리는 기에 눌린 듯 우물쭈물 대답한다. 동물원의 겨울로서 모리가 모은 '죽음 동료'의 조건은 '팬데믹으로 인생이 망가진 사람'이었다.

'바이러스 자체가 아니라 팬데믹과 그에 휘말린 사회에 의해 영혼이 살해당한 분, 함께 하시지 않겠습니까? 과거로 치부되기 전에 목숨을 걸고 소리를 냅시다. 새로운 질서에 돌을 던지자. 잃은 건 돌아오지 않는다는 사실을.'

과연 내가 여기에 해당하는지 아닌지는 미묘했다. 그러나 그 글에 이끌려 계정을 만들고 연락했다. 요즘 자살 보도는 규제되지만 전원이 저마다 이유를 적은 유서를 남기면 주간지 정도는 반드시 달려들 테고 팬데믹의 비극으로 SNS에서 퍼질 것이다. 이게 모리의 계획이었다. 솔직히 잘될지 의문이었으나 엔도가 가세함으로써 단숨에 가능성이 높아졌다. 물론 죽은 다음의 반응 같은 건 나야 모를 테지만.

차는 완만한 커브가 이어진 도로를 달린다. 반대편에서 달려오는 차도 거의 없다. 폐가나 마찬가지인 민가나 쇼와 시대에서 시간이 멈춘 듯한 카페, 노선버스 표식이 녹음에 묻혀 사라진다.

"저도 말이죠, 전 재산을 잃었죠."

모리가 느닷없이 말하기 시작했다.

"아, 죄송합니다. 괜한 소리를 해서 엔도 씨가 다 털어놓게 했네요. 그러니 저도 말해야 공평하죠. 흘려들어도 진짜 괜찮습니다……. 아내가 있었습니다. 자식은 없고요. 동갑이고 부양 범위 안에서 아르바이트하는 평범한 아내였습니다. 그런데 왜 그렇게 되었는지 지금도 잘 모르겠습니다……."

계기는 백신이었다고 한다.

"저희 부부는 백신 접종이 시작된다는 뉴스를 보고 다행이라고 생각했습니다. 아내는 가벼운 천식이 있었지만 매년 독감 예방 주사도 맞아서 불안은 전혀 없었습니다. 그런데 막상 접종권이 도착하고 언제 갈 거냐고 물어보면 글쎄, 혹은 곧, 이라고만 하고 말을 얼버무렸습니다. 저는 근무지에서 접종할 수 있어서 그쪽에서 예약하고 접종 전날에 아내에게 보고했더니 갑자기 화를 내더군요. 위험하니까 하지 말라고요. 저도 생각하지 않은 건 아닙니다. 아나필락시스나 후유증 등이요. 그러나 얼른 맞으라는 분위기였잖아요. 시판 감기약도 부작용이나 금기는 있고요. 간신히 아내를 달래 맞았습니다. 이 사람도 이렇게 예민해질 때가 있구나. 이른 갱년기인가. 그때는 그렇게만 생각했습니다."

그때 갑자기 "죄송합니다. 난방해도 될까요?"라고 제의했다. 상쾌하고 맑은 날이라 차 안에도 따뜻한 해가 들어와 산뜻하니 기분 좋은데.

"나이 탓인지 요즘 들어 추위를 잘 타게 되었어요."

난방을 켜면 틀림없이 더울 거라서 싫다. 싫었으나 운전까지 하는 사람에게 불평하기는 힘들다. 다른 사람들도 반대하지 않았다.

"그럼, 켜겠습니다……. 그러고 보니 시작은 '한기'였습니다. 요즘 들어 손발이 차. 아내가 그렇게 말하며 백신 탓인지 모른다고 했죠. 처음에는 농담인 줄 알았습니다. 그런데 아내는 심각했어요. 그제야 아내가 백신 반대파 주장을 죄다 믿고 있음을 깨달았습니다. mRNA는 유전자를 파괴해 암을 유발한다고."

나는 백신을 세 번 접종했다. 안전성 문제는 솔직히 잘 모른다. 전 지구가 치료중인 듯한 느낌이었다. 절대적인 신뢰를 품진 않았으나 거부하지도 않았다. 비행기를 탈 때와 마찬가지다. 추락 사고가 일어날지 모르나 내가 타는 비행기에서 일어나리라고는 상상하지 않는다.

"끔찍했어요."

모리는 조용히 술회한다.

"바이러스와 같았어요. 아주 사소한 계기로 극단적인 생각에 접하면 단숨에 온몸에 퍼져요. 백신에서 시작해 스마트폰 5G 전파가 유해하다거나 물이 어떻다, 파동이나 식물이 어떻다……. 한없이 이어졌습니다. 정말 그런 사람이 아니었어요. 이상한 돌과 미심쩍은 물, 수상한 기계에 빠지더니……. 혼자만 빠지면 그래도 나았죠. 아르바이트하는 데서도 그런 주장을 해

대니 다른 사람들이 싫어해서 잘렸습니다. 당연하죠. 그러나 아내는 반성하기보다 고집스러워졌습니다. 자신의 정당함을 알아주지 않는 세상이 오히려 세뇌되어 있고 오염되었다고요. 억지로라도 정신과에 얼른 데려갔어야 했는데. 굼떴던 저도 잘못이었습니다. 애를 태우고 있는 사이에 세미나라는 데 저금을 통째로 넣고 빚까지 냈죠. 손을 쓰기에는 너무 늦었더군요.”

“경찰에 신고는?”

마리골드가 조심스레 묻는다.

“물론 했죠. 그러나 사기죄는 구성 요건이 아주 까다롭더군요. 아내는 다 알고도 그쪽에 돈을 낸 거고 저도 정말 지쳤습니다. 변호사를 쓸 비용도 없고. 손절했다고 하면 좀 그렇지만 이혼했습니다. 사십 년의 결혼 생활이 이렇게 무너지고 그동안 모은 돈도 다 사라졌어요. 그저 허무할 뿐입니다. 느닷없이 튀어나온 병 탓에 평온한 인생이 완전히 망가지다니.”

그래서 이런 조건을 걸고 집단 자살을 주장한 건가. 아내가 아니라 자신을 죽이려 하는 부분에서 그의 됨됨이가 드러나는 듯해 마음이 아팠다. 무거운 침묵으로 가득한 차 안은 기침조차 꺼려지는 분위기였다. 창문을 열어 신선한 산소라도 마셨으면 좋겠는데 추위를 타는 모리가 있어서 그것도 마음대로 되지 않았다.

“그러면 제가 할까요?”

이런 분위기 속에서 나서서 발언하겠다는 마리골드가 존경스러웠다. 동시에 곤란한 흐름이라는 생각도 들었다. 이대로 가면 내 차례가 오고 만다.

"저, 간호사예요. 엄마가 여자라도 평생 일할 수 있는 직업을 가지라고 하도 잔소리해서요. 아주 열심히 일하지는 않았어도 그럭저럭 즐겁게 일했어요. 삼 년 전까지는."

이후의 이야기는 나도 뉴스나 SNS를 통해 보고 들었으나 당사자의 입으로 들으니 아주 무겁고 어둡게 가슴을 눌러왔다.

"팬데믹이 되자마자 일단 근무 자체가 힘들어졌어요. 심야도 휴일도 쉴 수 없었죠. 한 병원에서 집단 감염이 일어났는데 원인이 점심시간에 마스크를 벗은 거였대요. 이후로는 휴식 시간의 잡담도 금지되었어요. 의료 봉사자에 대한 감사 메시지와 연주 같은 거, 사실 필요 없었어요. 제발 부탁이니 그냥 가만히 좀 있어주길 바랐죠. 아, 그래도 연예인이 준 갈비 도시락은 맛있었다…… 정말 많은 일이 있었으나 병원에서 벌어지는 일들이니 일단 마음을 추스르고 견뎠어요. 스위치를 켰다 끄듯이요. 진짜 싫었던 일은 마스크나 소독제가 품귀 현상을 일으켰을 때 이웃이나 친척들이 어떻게 좀 해달라고 부탁하는 거였어요."

개인적으로는 팬데믹 전부터 반쯤 히키코모리 상태였던 터라 괜찮았는데 유행 초기의 소동은 생생하다. 마스크를 구하러 사람들이 약국 앞에 길게 줄을 서고 바가지가 기승을 부렸고

궁여지책으로 천 마스크를 만들려고 해서 천과 고무줄까지 품절이 일어났다. 소독제 대신 알코올 도수가 높은 술을 사용한 사람도 있다고 했다. 지금 생각하면 참 바보 같은 일이었다고 한마디로 정리할 수 있으나 그때는 모두가 절실했다.

"직장 물건이라 가져갈 수도 없어요. 무엇보다 병원마저 재고가 아슬아슬했다고요. 그런데 사실은 쌓아놓고 있으면서 안 주는 거 아니냐, 너희 집에만 가져다준 거 아니냐며 끝까지 물고 늘어졌죠. 그래도 거절했더니 이번에는 나를 원인균처럼 취급했어요. 감염자와 접촉할 테니 위험하다고 인사도 제대로 안 했죠. 필사적이었던 당시는 생각할 겨를도 없었어요. 그런데 상황이 조금 안정되자 화가 나더라고요. 나 도대체 왜 그런 취급을 당해야 했지? 그렇게 취급해놓고 왜 아무렇지 않은 얼굴로 나를 대하지? 공황 상태여서 어쩔 수 없이 그런 게 아니라 인간의 본성을 드러낸 느낌이 들어 더는 아무도 믿을 수 없었어요. 분노의 파도가 가라앉자마자 이번에는 무력감이 찾아왔어요. 환자가 죽든 말든 아무런 감정이 들지 않더라고요. 마음이 죽었고 소생시킬 방법이 없음을 깨달은 순간 그만 살자는 생각이 들어 여기 왔어요."

"이해해."

엔도가 친근한 말투로 중얼거렸다.

"난 말이야, 일류 연기자는 아니었지만 일은 계속 있었어. 일부러 찾아와 좋다고 하는 사람도 없었던 반면 싫다는 사람도 없었지. 그럭저럭 내게 호감이 있다고 생각했어. 그런데 그 일이 일어난 후 마음을 졸이며 야후 댓글을 봤더니 전부터 싫었다는 글이 많았어……. 여기저기 드라마에 하도 나와서 불쾌했다거나 인기도 실력도 없는 이런 사람이 왜 계속 나오냐는 글들이. 그럭저럭 호감을 얻은 게 아니라 그런저런 미움을 받았던 거야. 당시 분위기 때문에 비판받았을 뿐이라는 말을 들을 때마다 앞으로 만날 사람의 마음을 의심하게 될 것 같더라.”

“맞아요. 세상은 한 꺼풀만 벗겨내면 그렇게 추악해요. 더는 보고 싶지 않아요.”

마리골드도 맞장구를 쳤다. 둘이 상당히 가까워진 모습이 그리 탐탁지는 않았다. 그러나 곧 쾌도 불쾌도 호불호도 다 사라질 것이다.

“이제 두 분이 남았네요. 어쩐지 돌아가며 재미있는 이야기를 선보이는 모임 같아졌네요.”

이제 모든 게 끝난다는 사실을 깨닫게 해주려 했는데, 모리의 말에 땀이 났다.

“아, 물론 억지로 말할 필요는 없습니다. 다 이유가 있을 테니까요.”

“있어요.”

케이트 모스는 주저 없이 대답했다. 어쩌지? 속으로 당황했다.

"잠깐만!"

마리골드가 끼어들었다.

"아무래도 신경 쓰여서 확인해야겠어. 너, 몇 살이야?"

당돌한 질문에 절로 뒷자리를 돌아봤는데 마리골드가 가만히 케이트 모스를 응시하고 있다.

"미성년자는 참가 못 한다는 조건이 있었는데?"

"……열여덟."

케이스 모스는 그렇게 말하고 고개를 돌렸다.

"학생증이나 증명할 게 있어?"

"당연히 없지!"

확실히 어려 보였다. 그러나 어린 여성의 나이를 정확히 맞힐 자신은 없고 마스크와 안경으로 얼굴을 거의 다 가리고 있어서 그저 몸집이 작다고만 생각했다.

"그렇다면 오닌의 난*이 일어난 원인은?"

"그게 뭔데?"

"요즘 시험은 서술형 문제가 많잖아?"

"어이, 그러는 당신은 정답을 알아?"

엔도의 질문에 마리골드는 입을 다문다.

"그래서는 의미가 없잖아."

---

* 1467년 쇼군의 후계자를 놓고 강력한 세력들이 대립해 십일 년간 지속된 내란으로 전국시대의 원인이 되었다.

“누군가는 알 줄 알았지.”

“그건 어렵지……. 이봐, 청년. ‘당근 너무 싫어’였나? 머리가 좋아 보이는데, 문제 좀 내봐.”

갑자기 화제가 내게 돌아왔다. 그리고 ‘당근 너무 싫어’가 아니다. 고등학교 때 배운 내용을 필사적으로 생각해낸다.

“SVOC?”

“그게 뭐야? 브랜디 이름이야?”

“아뇨, 영어 동사였나……. 저도 헷갈려요.”

“그래서는 의미가 없다고 했잖아!”

“열여덟이라고 했잖아! 정말 끈질기네!”

인생 마지막 날의 대화라고는 생각할 수 없는 응수였다.

“난, 예순여섯이에요.”

모리가 끼어들었다.

“당신 나이는 의심하지 않아요.”

“아뇨, 그게 아니라 열여덟 더하기 사십팔이니까 띠가 같아요. 케이트 모스 씨, 무슨 띠죠?”

결국은 고전적인 질문이 통한 듯 케이트 모스는 무릎 위에서 스마트폰을 꼭 쥐었다.

“자, 사실대로 말해.”

“……열두 살.”

아무도 예상하지 못한 대답에 엔도 씨는 눈을 부릅뜨고 몸을 젖혔다.

"열둘! 초등학생이잖아!"

"중1이라고."

"왜 죽고 싶은데? 왕따당한다거나 집안 문제로 고민중이야?"

소녀는 고개를 세게 흔들고 한마디를 흘렸다.

"얼굴."

"얼굴?"

"나, 내 얼굴이 너무 싫어서. 어릴 때부터 계속."

"아니, 지금도 어려……."

"아저씨, 시끄러워. 싫어서 죽을 것 같다고. 거울을 볼 때마다 토할 것처럼 싫어. 마스크를 쓸 때는 좋았어. 다들 답답하다고 들 했지만, 난 마스크를 쓸 때만 편하게 호흡할 수 있었어. 다들 마스크를 써서 다른 사람 얼굴을 보며 콤플렉스를 느낄 필요도 없고 화상 수업만 해서 만나지 않아서 좋았어. 영원히 이렇게 지내면 좋을 텐데 곧 끝나잖아."

"마스크를 계속 써도 되잖아. 지금도 반쯤은 쓰고 다니는데."

"하지만 언제까지 쓰는 게 좋을까를 묻는 설문조사도 있잖아. 그건 벗는 게 좋다는 말이잖아. 반 아이들도 왜 끼냐고 압박하고. 이 얼굴로 살아봤자 평생 케이트 모스가 못 되는 건 확정이고 다음 생에나 바라봐야지."

"생각이 너무 짧네."

엔도가 시원스레 말했다.

"그보다 열둘은 위험해. 우리가 마치 꼬드긴 것처럼 해석될 거야."

"그렇지 않아. 유서도 써 왔다고."

"그래도 어른과 열두 살 애가 동반 자살하면 어른이 나쁜 사람이 된다고. 우리 주장은 당연히 무시될 거야. 죽은 게 아깝지. 무엇보다 '팬데믹으로 인생이 망가진 사람'에 안 들어가잖아?"

"아니야. 다들 마스크를 쓰고 직접 만나지 않는 생활이 이렇게 행복한지 몰랐다면 지금처럼 절망할 일도 없었어."

"궤변이야. 일단 애는 돌아가."

"싫어."

"닦달하지 말자고요."

엔도의 고압적인 말투에 케이트 모스의 태도가 날카로워지자 보다 못한 마리골드가 상냥하게 말을 걸었다.

"네 콤플렉스는 추형 공포라는 증상이야. 일단 의사와 상담해보면 어떨까? 보건실 선생님도 좋고. 그래도 자기 얼굴이 너무 싫으면 어른이 되어 돈을 모아 성형하는 선택지도 있어."

"맞아."

나도 가세해야 할 듯해 그냥 말을 보탰다.

"아까 찾아봤는데 케이스 모스도 키가 167센티미터밖에 안 되어서 모델로 적합한 체격은 아니었대. 그래도 슈퍼스타가 되었잖아."

"무엇보다 곧 감염 폭발이 일어날 거야. 바이러스가 인간의 사정은 알아주지 않을 테니 또 마스크가 당연해지겠지. 손바닥 뒤집듯 마스크, 마스크, 떠들 거야."

"아, 진짜! 짜증 나!!"

갑자기 케이트 모스가 소리를 질렀다.

"감염 폭발이라니 무슨 소리야?! 난 사람이 죽거나 괴롭길 바라지 않아! 그런 걸 바라면서까지 살고 싶지 않아! 다들 죽고 싶어서 모인 주제에 왜 나만 살아야 한다고 하지?"

"그건 네가 아직 어린애라 미래가 있으니까……."

"장래나 미래나 가능성, 진짜 지긋지긋해. 여기서 죽지 않아도 미래에 언니처럼 역시 죽어야겠다고 생각할지 모르잖아. 그러면 마찬가지 아냐? 십 년이나 이십 년이 뭐가 달라? 내가 애라 내 고민은 중요하지 않아? 죽을 정도의 일은 아니라는 거야? 내 고통은 나밖에 모르는데!"

마스크가 날아갈 정도로 소리치고 무릎을 안고 훌쩍훌쩍 울기 시작했다. 마리골드가 살살 등을 쓰다듬는다. 엔도는 쓴 물을 삼키기라도 한 듯 부루퉁한 표정을 지었다. 성가신 상황이 되었다고 생각하고 있으리라.

"일단."

모리만이 여전히 침착하게 보였다.

"이 애는 일단 제쳐두고 오이 너무 싫어 씨의 이야기를 들어 보면 어떨까요?"

드디어 왔다. 꿀꺽 침을 삼켰다. 말하고 싶지 않다고 버틸 배짱도 즉흥적으로 이런 이유라고 지어낼 기지도 없다. 게다가 유서로 남기거나 누군가에게 들려주고 싶은 마음도 분명히 있었다. 반응은 훤히 상상할 수 있지만……

"내 잘못이에요."

간신히 고백하기 시작했다.

"이 팬데믹은 내가 일으켰어요."

무명 소설가인 나는 데뷔한 지 팔 년이 지났는데도 출간된 책은 딱 세 권. 모두 대단한 성적을 거두지 못하고 초판에서 끝. 지금도 본가에 얹혀사는 '방구석 아저씨'로서 어릴 때부터 살던 방에서 거의 나오지 않으며 빈약한 부모의 등골을 빨아먹고 있다.

어릴 때부터 글쓰기를 좋아했다. 수업중에도 쉬는 시간에도 노트에 직접 지어낸 이야기를 쓰는 데 빠져 친구가 없어도 전혀 상관없었다.

첫 사건은 초등학교 5학년 때 일어났다. 일진을 그림으로 그리면 딱 그렇게 생겼을 동급생 고다마가 내 노트를 빼앗아 "낭독 연습을 하겠습니다"라며 큰 소리로 반 애들 앞에서 쓴 내용을 읽었다. 남몰래 언젠가는 누군가에게 읽히고 싶다는 꿈을 꾸기는 했으나 이런 식으로 들통나는 건 굴욕이었다. 게다가 "지루해"라는 말과 함께 노트는 쓰레기통에 버려졌다.

— 너, 재능이 없네.

용서할 수 없었다. 그러나 실력 행사 같은 건 상상도 못 했던 덜떨어진 나는 타오르는 분노를 연필에 담아 노트에 쏟아냈다. 오른손이 뭔가에 올라탄 듯 놀라운 속도로 움직였다. 남을 괴롭히는 어떤 애가 부모의 이혼으로 전학하게 되어 그곳에서 왕따로 강등되고 마침내 등교 거부 학생이 된다는 짧은 이야기를 밤늦게까지 완성했다. 새하얘진 머리에서 절로 흘러나온 음울한 망상에 불과한 것으로, 다음 날에는 그런 글을 썼다는 사실조차 잊었다.

그런데 일주일 뒤, 고마다가 정말 전학을 갔다. 담임은 '가정 사정'이라고 말을 흐렸는데 이후 반에서 '부모님이 이혼했대'라는 소문이 돌았다. 기뻤다. 노트에 쓴 것처럼 급식에 분필 가루가 들어 있거나 체육복 바짓가랑이에 빨간 물감이 칠해져 있는 괴롭힘을 당하면 좋겠다며 속으로 웃었다.

두 번째는 대학교 4학년 때였다.

취직 내정을 좀처럼 받지 못하는 나를 위해 부모님이 먼 친척에게 청탁을 넣었다. 추도식 같은 행사에서 간혹 얼굴을 본 게 전부인 그 남자는 우리 집을 찾아와 배달시킨 초밥 도시락을 껴안고 퍼먹으며 술까지 마시면서 내게 "패기가 없어" "그러고도 남자냐?" 같은 비난에 가까운 설교를 하염없이 늘어놓았다. 대기업 관리직에 오른 무용담과 성공 경험도 포함된 일인극은 네 시간이나 이어졌다. "어차피 너는 딱히 몰두하는 것도 없잖아?"라고 말하는 남자에게 어머니는 나를 감쌀 생각으로 "애는 소설을 써서……"라며 쓸데없는 정보를 주었다. 그러자 그는 신이 나서 씩 음험한 미소를 짓고 더욱 나를 경멸했다.

─너 같은 녀석이 소설을 써? 시간 낭비일 뿐이야. 어차피 오타쿠들 정도나 좋아할 내용이겠지? 귀여운 여자가 나오고 살짝 야한 거 말이야. 동정남의 간식 같은 얘기겠지. 진짜 인생을 걸어! 그런 한심한 취미는 버리고 성매매 업소에나 가라고. 하기는 애들도 부모 수준에 맞게 크는 거지.

선물용 초밥 세트까지 추가로 주문하게 해 흔쾌한 얼굴로 남자가 돌아갔을 때 부모님도 나도 지칠 대로 지쳐 있었다. 취직자리를 알아봐준다는 말은 한 번도 나오지 않았다. 미안하다고 부모님이 사과하는데 애당초 한심한 내 탓에 벌어진 일이라 입도 뻥끗하지 못했다. 그러나 밥을 얻어먹으며 고고한 척 설교를 늘어놓으면서 혼자 희열에 찬 남자의 황홀한 표정을 떠올리니 머리의 혈관이 타버릴 만큼 분노가 차올랐다. 그 사람은 정중하게 대접한 부모의 마음을 구실 삼아 일방적으로 실컷 음식만 챙겨 먹고 부모님과 나를 능욕했다. 절대로 용서할 수 없다.

아침까지 한숨도 못 자고 책상에 앉아 있었다. 남자는 오랫동안 직장의 돈을 횡령한 사실이 발각되어 그토록 자랑스러워하던 회사에서 쫓겨나고 빚을 져 아내와 자식에게도 버림받는다는 이야기를 썼다. 초등학교 5학년 때와 마찬가지로 연필 끝에서 단어가 술술 나와서 머리를 전혀 쓰지 않고 완성했다. 그리고 이 남자와 쓴 소설도 역시 잊었다. 몇 개월 뒤, 어머니가 갑자기 말을 꺼냈다.

─애, 얼마 전에 우리 집에 불렀던 아저씨 기억나니? 그 사람, 회삿돈을 함부로 써서 잘렸다더라. 경찰에 신고하는 대신 징계 해고당했는데 집을 팔아 변상했는데도 아직 갚을 게 남았단다. 부인이 아이들을 데리고 집을 나갔고……. 취직 청탁 같은 거 안 되길 잘했어.

그날 밤 지었던 남자의 미소, 그날 고다마의 미소가 뇌리에 떠올랐다. 너무나 똑같은 결말이 무서워 다시는 이런 일이 일어나지 않기를 빌었다. 아무리 싫어한 사람이라도 마음이 찜찜했다. 단순한 우연이야, 나랑 상관없어. 그렇게 자신을 설득하고 머릿속에서 지웠다.

사 년 전, 세 번째 일이 일어나기 전까지는.

손으로 직접 쓴 소설 원고지 백 장 남짓을 담당 편집자가 분실했다. 취해서 봉투를 어디에 두고 잊었다고 한다. 담당자는 그런 내용을 전화로 내게 전하며 사과보다 먼저 나무라듯 물었다.

─복사본은 없어요?

─늘 복사해두는데 이번에는 시간이 빠듯해서요. 마감 시간
이 급해서…….

─곤란하게 됐습니다. 하필 이번에만 시간이 없었다니 변명
이죠?

─죄송합니다.

─그리고 전부터 제가 말했죠? 요새 손으로 쓴 원고라니, 진
짜 잘나가는 대작가나 용서된다고요. 쳐서 옮겨야 하는 시간도
생각해주세요.

─알겠습니다. 컴퓨터로 다시 써서 보내겠습니다. 아직 기억
에 그대로 남아 있으니 바로…….

─아, 이번에는 됐어요.

담당자의 목소리가 갑자기 명랑해졌다.

─네? 무슨 말씀이세요?

─이번 원고, 오케이가 떨어지긴 했죠. 하지만 플롯에서 탁
오는 게 없었어요. 마침 얼른 싣고 싶은 신인의 원고가 있어서.

─그렇지만 잡지 예고에 이름이…….

─괜찮아요. 그런 거 아무도 신경 쓰지 않으니까요. 다른 기
회가 있으면 의뢰할 테니 그러면 이만.

일방적으로 전화가 끊겼다. 스마트폰을 한 손에 쥔 채 넋을
놓고 서 있었다. 어릴 때부터 지내온 다다미 여섯 장 크기의 방.

책상과 침대, 책장으로 꽉 찬 내 세계의 중심에서. 노트를 천천히 펼치고 정신없이 연필을 달리기 시작했다. 식사도 수면도 없이 며칠을 매달려 써낸 이야기는 미지의 감염증에 인류가 위협당해 수많은 사망자가 나오고 그 담당자도 생사를 헤맨다는 내용이었다.

차는 좁은 비포장 길로 들어서고 있었다. 길 양쪽에는 나뭇가지가 덮여 초록 터널을 달리는 듯하다.

"……아니, 이봐!"

내 말이 다 끝나자마자 엔도가 양손으로 머리를 감싸안았다.

"좀 봐주라. 미성년자가 끼어든 것만으로도 곤란한데 당신이 노트에 쓴 내용이 현실이 되었다고? 말도 안 되잖아!"

"그렇게 말할 줄 알았어요. 그러나 정말이에요. 무엇보다 그때 노트에 휘갈겨 쓸 때까지 내 머릿속에는 팬데믹이라는 소재 자체가 없었다고요. 그런데 중국의 한 도시에서 감염이 시작되어 일본에도 퍼지고 '긴급 사태'라는 명목으로 사람들의 외출이 금지되고 병원이 마비된다는 내용이 적혀 있다니까요."

"그 소설의 끝은?"

"그 담당자가 고통스러워하는 데서 끝났어요."

"제대로 끝을 맺어야지."

"내가 생각했다기보다 반쯤 정신이 나간 상태에서 쓴 느낌이에요. 스스로 조절할 수 없어요."

그래서 지난 삼 년 동안 괴로웠다. 이 이야기는 도대체 어떻게 되는 거지? 세상 누구보다 불안했다.

"그 담당자는 정말 걸렸어?"

"확인해보지 않았는데 아마도."

엔도가 더는 말이 안 된다는 듯 한숨을 내쉬었다.

"당신 주장이 진짜라면 그건 예지 능력이나 예언 아니야?"

이번에는 마리골드가 질문을 던졌다.

"고민 끝에 죽기로 했다?"

"모르겠어요. 예지일지도 모르죠. 분노로 자아를 잃고 쓴 게 현실이 되었을지도 모르고요. 혹시 후자라면 어쩌지? 죄책감과 공포로 돌아버릴 것 같아요. 모두의 인생을 망가뜨린 사람이 나일 수도 있다니. 계속 살아서 또 화가 나는 일이 생기면 이번에는 인류 멸망 이야기를 쓸 수 있다고요."

"작가 선생님다운 상상이네요."

모리도 전혀 믿지 않는 말투였다.

"화가 나서 쓸 거면 복권에 당첨된다거나 미녀 여배우와 결혼하는 내용이어야 싫은 녀석에게 더 통쾌한 복수가 되잖아."

"그러니까 그건 제가 어떻게 할 수 있는 게 아니라고요! 아무래도 긍정적인 방향으로는 안 가는 듯해요."

"긍정적이지 않아서 죽고 싶다고?"

“맞아요.”

“내게는 민폐야. 똑같이 취급당하고 싶지 않아.”

“왜 말을 그렇게 하죠?”

그때까지 잠자코 듣고만 있던 케이트 모스가 항의했다.

“너무 힘들어서 각오하고 오늘 모인 거잖아요? 내 탓에《데스노트》같은 상황이 됐다면 정말 무서울 것 같아. 죽는 이유는 저마다 달라도 되잖아. 왜 아저씨가 마음대로 결정해요?”

“아니, 그래도 일반적으로 생각하면.”

“일반적인 게 무슨 상관이야? 내 얼굴도 부모나 친구는 못생기지 않았다고 해. 그런데 내가 못 견디겠단 말이야. 무리라고. 주위나 일반이라는 거 의미 없어. 그보다 다른 사람에게 이러쿵저러쿵 따질 거면 아저씨야말로 더 노력하면 어때요? 오디션을 죽어라 보거나 유튜브라도 하거나 길은 있잖아. 정말 한 사람도 도와주는 사람이 없어요? 아저씨 연기 보고 싶다는 사람 없어요? 아니잖아. 아닌 걸 알면서도 다 귀찮아져서 아무도 없는 데로 도망쳤잖아. 우리한테 대단한 척 말하지 좀 말라고.”

“네가 뭘 알아!”

엔도가 거칠게 소리쳤으나 케이트 모스도 물러서지 않았다.

“맞아요. 나도 아저씨처럼 생각해요.”

소녀의 응원을 받는 내가 한심해졌다. 역시 자리를 잘못 골랐다. 그렇다고 지금 차에서 내릴 수도…….

"저기요. 한창 말씀 나누시는데 죄송합니다만."

운전석에서 목소리가 들린다.

"이제 곧 도착입니다."

나무들 사이로 햇살이 쏟아지는 터널을 빠져나오니 갑자기 광장 같은 곳이 나타났다. 유턴용 공간일까. 그런데 그곳에는 이미 하얀 차 한 대가 서 있었다.

"사람이 있나?"

"그런 것 같네요. 어떻게 할까요? 여기서 기다릴까요, 아니면 차를 뺄까요?"

"멍청한 커플이 한창 즐기고 있는 거 아닐까?"

"애 앞에서 말 좀 조심해요."

"……앗!"

모리가 속도를 줄이며 조심스레 진입하다가 느닷없이 낮은 비명을 질러 전원의 시선을 모은다.

"……저 차, 밖에서 들여다보지 못하게 가려놨어요."

자세히 보니 투명한 접착테이프가 문틈에 꼼꼼히 붙여져 있다. 창문에는 스모크 필름이 붙어 있어서 안이 자세히 보이지 않았다. 불길한 예감이 들었다.

"진짜?"

엔도가 중얼거렸다.

"잠시 상황을 보고 오겠습니다."

모리의 결단은 빨랐다. 차를 세우고 안전띠를 푼다.

"아! 그러면 저도."

"아뇨. 여기서 대기해주세요. 도움이 필요하면 바로 부를 테니까."

그런 말을 남기고 10미터쯤 떨어진 하얀 차까지 잰걸음으로 달려간다.

"어쩌지?"

엔도가 혼잣말처럼 물었다.

모리가 안을 들여다보자마자 고개를 돌리더니 이번에는 아주 무거운 걸음으로 차로 돌아와 운전석에 쓰러지듯 들어와 후, 후, 거친 숨을 몰아쉰다.

"모리 씨, 괜찮으세요?"

내 질문에 고개를 끄덕였으나 핸들에 얼굴을 묻고 어깨와 등을 덜덜 떨고 있다.

"죄송해요. 좀 놀라서요……. 차 안에 사람이 죽어 있어요. 딱 봐도 알 수 있는 상태예요. 마리골드 씨도 간호사지만 보시지 않는 게 좋겠어요. 아…… 사람은, 인간은 죽으면 저렇게 되는구나. 너무 두렵네요."

건넬 말을 찾지 못해 네 사람은 당혹스러운 시선을 주고받을 뿐이다.

"있잖아요? 아저씨, 아까 어떻게 하냐고 했는데 무슨 뜻이죠?” 케이트 모스가 살짝 날카로운 목소리로 말했다.

“무슨……이라니?”

“죽으면 어쩌지라는 뜻인가? 아니면 죽지 못하면 어쩌지라는 의미?”

만약 누군가가 차 안에서 자살을 시도했다가 아직 살아 있다면……. 그것은 우리 전원의 머리에 떠오른 질문일 것이다. 신고할 것인가, 안 할 것인가. 죽으러 온 내가 같은 종류의 생명을 돕는다니 모순 아닐까?

우리는 정말 여기서 죽는 건가?

엔도는 대답하지 못했다.

“제안이 있는데.”

마리골드는 진지한 표정으로 입을 뗐다.

“오늘은 그만두면 어때? 중요한 순간에 내빼는 짓이기는 한데 실제로 무시무시한 차를 발견했으니……. 먼저 온 손님이 있는 자리에서 결행하는 건 싫어. 기분이 그래.”

나도 동감이었다.

“그리고 이런 말 하면 안 되겠지만 여러분의 사정을 듣고 말하다 보니 서로 정도 생겼다고 해야 하나……. 죽어버리면 마음 아플 것 같아.”

“나도 그래. 우리 아가씨가 저렇게 강하게 주장하고 있는데 죽어선 안 된다고 생각해.”

"나도."

케이트 모스가 동조한다. 그래서 나 역시 "나도"라고 말을 이었다. 맞다. 여기에 있는 사람들이 억울한 마음을 품고 죽지 않았으면 좋겠다. 짧은 드라이브 동안 처음과는 다른 동료의식을 느끼기 시작했다. 저마다 괴로워서 모인 사람들. 고민의 경중은 다른 사람이 헤아릴 수 없으나 이 다섯이 모인 데는 의미와 가치가 있다고 생각하고 싶다. 그러려면 살아야 한다.

"……그럼."

어느새 부활한 모리가 이야기를 정리했다.

"다음은 미정인 채 두고 일단은 보류하는 걸로 정리할까요?"

모두가 동시에 고개를 끄덕인다.

"이런 일도 있군요. 상황은 하나도 안 바뀌었는데. 저도 왠지 후련합니다."

"경찰에 신고할까요?"

"나중에 공중전화로 익명 신고할게요. 여러분, 경찰 조사는 싫으시잖아요? 죄송해요. 아직도 손이 떨려서 시간을 조금만 주세요. 아, 맞다. 잊고 있었네. 오는 길에 카페에서 차를 샀어요."

모리가 조수석의 종이봉투를 뒤져 뚜껑이 달린 컵과 빨대를 우리에게 차례로 건넸다.

"버터플라이피 차라던데요. 인기라고 하는데 무슨 맛인지는 모르겠어요."

난방과 대화, 게다가 조금 전의 긴장으로 확실히 목이 말랐다. "잘 먹겠습니다"라고 인사하고 빨대를 꽂고 힘껏 차를 들이켠다. 선명한 파란색이다. 이게 버터플라이피라는 식물의 색깔이겠지. 맛은 평범한 홍차였다. 처음부터 시럽이 들어 있는 종류인지 상당히 달다.

맛있네요. 예의상 인사와 잡담을 나누는데 혀와 눈꺼풀이 무거워졌다. 어젯밤 거의 잠을 못 자서 이제야 졸음이 쏟아지나. 그래도 이제까지 경험한 수마와는 비교할 수 없을 만큼 짙고 강렬한 탈력감이었다.

"죄송해요. 저, 몸이……."

지금 잠들어버리면 너무 창피한 일이라고 생각하는데 발음을 제대로 할 수도 없다. 컵이 손에서 떨어진다. 어깨에 뭐가 실린 느낌이었는데 엔도의 머리였다. 뭐지? 어떻게 된 거지? 필사적으로 눈을 뜨고 고개를 드니 뒤를 돌아보고 있는 모리의 눈과 마주쳤다. 완벽한 무표정으로 나를 들여다보는 작은 눈은 끝없이 이어진 바늘구멍처럼 까매서 살아 있는 인간의 눈처럼 보이지 않았다.

물에 먹물을 푼 듯 시야가 검고 흐릿하다. 조금씩 상이 맺히면서 자동차 천장임을 깨달았다. 그리고 나를 들여다보는 소녀의 얼굴.

"앗! 일어났다."

이어서 마리골드의 목소리도 들렸다.

"괜찮아? 말할 수 있겠어?"

"네."

뒤로 완전히 젖힌 시트에 뉘어놓은 모양이다. 살짝 고개를 드니 옆에 케이트 모스가 앉아 있고 운전석에는 마리골드, 조수석에는 엔도가 보인다.

"기분은 어때?"

"두통과 구역질이 나요. 심하지는 않아요."

"다행이야. 영 눈을 안 떠서 걱정했어."

"저, 모리 씨는?"

내 질문에 엔도가 얼굴을 찌푸렸다.

"자네, 어디까지 기억해?"

"어, 차를 받아 마셨는데 갑자기 졸려서……."

"그걸 벌컥벌컥 마셨지?"

"네?"

순간 몸을 일으키려 하는데 휘청 현기증이 났다.

"아! 갑자기 일어나지 마. 내가 설명할게. 이 두 사람에게는 당신이 자는 동안에 얘기했어."

"제가 그렇게 오래 잤나요?"

"한 시간쯤인가? 둘은 삼십 분쯤. 아마도 저마다 마신 양이

소량씩 달랐던 것 같아. 버터플라이피 차라고 했지? 수면제 중에 물에 녹이면 파란색으로 물드는 게 있어. 데이트 강간 약이라고 들어봤지? 그런 범죄를 막으려고 그렇게 만들어. 그래서 난 마시는 척만 했어.”

“아니, 버터플라이피만 보고 수면제라고 의심했어요?”

통찰력이 너무 예리한 거 아닌가?

“아니, 아니야. 원래부터 난, 봉사 활동, 라이프 후크라고 해야 하나? SNS에서 자살 지원자를 발견하며 말리고 다녀.”

“네……?”

“메시지를 주고받거나 전화로 이야기를 듣고 실행에 옮기려고 하면 만나러 가지. 그러던 어느 날 모리의 동물원의 겨울 계정을 발견했어. 잘 표현하기는 힘든데 유도하는 방법이나 계획 등이 묘하게 능숙한 느낌이 들더라. 위험하다고 생각해서 과감하게 가입했지.”

“아! 그러면 간호사라는 직업이나 죽고 싶은 이유도?”

“거짓말이야. 미리 생각해둔 그럴듯한 설정.”

아연한 내 머리가 따라오기를 기다릴 마음이 없는 듯 그녀는 술술 이야기했다.

“오늘, 내비게이션도 안 켜고 운전하는 녀석을 보고 더 수상하게 생각했어. 게다가 일부러 멀리 돌아 우리가 대화하도록 유도했잖아? 아까 하얀 차도 덫이야. 안에 아무도 없어. 자살자가 있는 척해서 우리를 겁먹게 하려고. 그래서 혼자 보러 간 거야.”

“왜 그런 복잡한 짓을……..”

“추측인데 죽고 싶지 않은 사람을 죽이려고 그런 게 아닐까. 바닥에 있는 사람을 다시 끌어 올렸다가 떨어뜨리는 거지. 죽고 싶어하는 사람을 모아 대화를 나누게 해 자살은 고통스럽다는 걸 어필해서 그만하자고 말린 다음에 오히려 해치우는 거지. 애써 죽지 않기로 마음먹었는데 영문도 모르고 당하면 무섭고 분하잖아. 그걸 바라보고 싶었던 거 아닐까? 어쩌면 지금까지 꼬리를 안 잡히고 자살시킨 경험이 있을지도 몰라.”

“최악이야. 소름이야.”

케이트 모스가 혀를 내민다. 그러고 보니 어느새 마스크를 벗고 있다. 모델이 될지 안 될지는 모르겠으나 적어도 내 눈에는 평범한, 어디에나 있을 법한 여자애였다.

의식을 잃기 직전에 본 모리의 표정을 떠올린다. 시커먼 눈빛. 어떤 이유로 특정 인물에 살의와 증오를 품은 게 아니라 단순한 악의였다. 누구든 상관없이 상처를 주고 싶다는 무차별적인 욕망. 나무를 칭칭 감아 조여 숨통을 끊고 화려하게 핀 등꽃이 괜스레 떠올라 소름이 돋았다.

“자는 척했더니 모리는 차에서 내려 트렁크에서 화로와 연탄을 가지고 돌아왔어. 차 안에서 연탄을 피워 잠에서 깬 우리가 고통에 몸부림치는 걸 구경할 계획이었겠지. 내가 차 밖으로 뛰어나가 '위치 정보를 경찰과 공유하고 있어!'라고 허풍을 쳤더니 바로 하얀 차를 타고 도망쳤어. 그거, 조수석 쪽만 보였잖아. 운전석 문은 가리지 않았더라고."

"그래도 너무 위험했어. 그 아저씨가 오히려 화를 내며 달려들었으면 어쩌려고."

엔도가 어이없다는 표정으로 지적했다.

"그건 그때 가서 생각해야지."

마리골드가 태평하게 웃으며 스톨을 살짝 풀었다. 목덜미에 일자로 그어진 흉터에 우리는 할 말을 잃었다.

"나도 여전히 죽을 장소를 찾고 있는지 몰라. 그러나 다들 죽지 않길 바라는 마음도 진심이야. 당신들 인생을 바꿀 수는 없겠지. 그러나 또 죽으려는 걸 보면 말릴 거야. 자, 갈까? 역까지 데려다줄게. 차는 적당한 데 버리지 뭐."

그녀의 신상 이야기는 정말 거짓일까. 모리가 한 말도 다 지어낸 말일까. 진실도 포함되어 있었을까. 모르겠다. 다시 만나 확인하고 싶은 생각은 없다. 차가 출발하고 십 분도 지나지 않았는데 엔도가 코를 골기 시작했다. 뒷자리의 케이트 모스도 창에 기대 잠들어 있다.

"아직 약효가 다 사라지지 않았나 봐. 당신도 걱정 말고 자."

"아뇨, 괜찮습니다. 그런데 경찰에 신고하지 않아도 될까요?"

"생각해봤는데 미성년자와 연예인이 있잖아. 둘 다 공론화되는 건 싫다고 해서. 나도 정의감으로 한 일도 아니고."

"공론화되는 게 싫다는 말은 살겠다는 소리군요."

"그렇지."

죽음의 여행은 미수로 끝났다. 팬데믹을 과거형으로 만들려는 사회에 돌을 던져 아주 잠시나마 파문을 일으키지는 못했다. 그러나 언제까지 이어질지 모르는 내 인생에 잔물결 정도는 일으켰다.

"저기, 오이 너무 싫어 씨."

"그렇게 부르지 좀 마세요."

"그러면 필명을 알려줘."

"부끄러우니까 좀 봐주세요."

당신 진짜 이름을 알려주실래요? 그런 말조차 못 하는 인생이지만.

"그러면 제일 좋아하는 걸 알려줘."

"……게 크림 크로켓."

"하하하. 나도 아주 좋아해. 다음에 화가 치밀어 소설을 쓰면 단숨에 인류를 멸망시켜줘."

마리골드가 말한다.

"바이러스 쪽은 슬금슬금 퍼지니까 천재지변처럼 한꺼번에 죽게 해줘."

"제가 정하는 게 아니라니까요."

"노력 좀 해봐."

"그렇게 말해도……."

"그러면 아무리 이 세상이 싫어도 힘낼 마음이 생겨. 언젠가 당신이 연필 하나로 세상을 멸망시켜줄 테니까. 희망이 있잖아?"

나도. 죽고 싶어지면 SNS를 헤매다가 당신을 만날지 모른다. 예를 들어 다음에는 '게 크림 크로켓 제일 좋아'라는 이름의 내가 마리골드가 아닌 당신과. 그걸 기대하며 살아도 좋을까.

"……노력해볼게요."

"응."

저녁 햇살을 받으며 차가 달린다. 한심하고 고통스러운 일상으로 돌아가는 드라이브. 이 산길의 커브가 한없이 이어지면 좋으련만. 이루어지지 않을 바람을 싣고 기분 좋은 속도로.

지금을 사는 우리를 위한,
온기 가득한 죄의 퍼레이드!

민경욱

제171회 나오키상은 아직 우리에게는 낯선 작가인 이치호 미치의 《창궐》에 돌아갔다. 코로나 시국을 배경으로 여섯 편의 이야기를 담은 단편집으로, 원제는 '쓰미데믹'이다. 쓰미데믹? 일본어의 죄罪를 의미하는 '쓰미'와 전염병의 세계적인 확산을 의미하는 '팬데믹Pandemic'의 합성어이다. 코로나를 겪은 우리에게는 팬데믹이란 말만으로도 너무나 불안한데 죄의 팬데믹이라고? 불안한 마음을 다스리며 첫 장을 펼치는 순간, 우리는 팬데믹 시기로 시간 여행을 떠난다.

아직은 영업 중단 조치가 떨어지기 직전, 흥청거려야 할 번화가는 예전 같지 않다. 정체 모를 불온한 공기 속에서 이자카야 전단을 뿌리며 호객에 열중인 청년은 버려지는 전단만큼 불투명한 미래에 시달리고 있다. 그때 청년 앞에 나타난 같은 고향 사투리를 쓰는 화려한 아가씨. 함께 술 한잔하자는 제의에 오랜만에 설레는 마음으로 찾은 바에서 청년은 과거 열차에 뛰어들어 죽은 동급생을 떠올릴 소름 끼치는 일을 경험하게 된다.

첫 이야기 〈날개가 다른 새〉는 불온하다. 정체 모를 존재의 기이한 이야기에 홀린 하룻밤 악몽 같은, 깨고 나서도 한참을 찜찜하게 하는 공포. 발끝부터 스멀스멀 올라오는 기분 나쁜 감정. 그러나 어떻게 할지 모를 막막함이 앞을 가로막는다.

두 번째 이야기 〈로맨스☆〉의 주인공은 평범한 가정주부. 한창 코로나가 퍼지면서 유치원이 속속 문을 닫는다. 아이를 혼자 돌봐야 하는데 미용사 남편은 불안한 경제적 처지에 신경이 날카롭기만 하다. 집에 갇혀 종종거리며 내내 남편 눈치를 봐야 하는 주인공은 아주 사소한 스트레스 해소법을 찾아낸다.

거리에서 우연히 스친 잘생긴 음식 배달 서비스의 배달원을 찾아내는 일. 가계에 지장이 안 될 정도의 음료수 한 잔 정도를 배달시켜 그 배달원이 오기를 기다리는 기쁨. 한심하다고 비웃을지 모르나 작은 휴식 같은 게임이었다. 그리고 그 게임은 주인공이 오래 잠재워둔 욕구에 불을 붙이고 사태는 걷잡을 수 없이 커진다.

세 번째 〈반딧불이〉는 십오 년 전 호우 때 죽은 소녀가 유령이 되어 되살아나는 걸로 시작된다. 그런데 이 소녀 유령, 참 해맑다. 자기가 어디서 어떻게 왜 죽었는지도 모르면서 현재에 금방 적응하고 현실에 척척 반응한다. 적응력 하나는 끝내주네.

소녀는 자기 죽음의 진실을 알아내고 그 진실은 결코 해피엔딩이 아니다. 그런데도 이 당돌한 소녀는 슬픈 현실을 그저 있을 수 있는 비극으로 온전히 받아들이고 자기 길을 떠난다. 죽은 소녀보다 아직 산 사람들이 더 비참하고 무섭다.

〈반딧불이〉를 경계로 이야기는 완만하게 밝아지고 차분해진다. 작가는 코로나뿐만 아니라 그 기간에 벌어진 사회 문제를 망라해 이야기 사이에 절묘하게 배치하고 있다. 긴급 사태 선언으로 인해 무더기 실직에 몰린 사람들의 절박한 생활 실태, 이웃 부잣집 노인을 노리는 범죄, 중소기업과 프리랜서의 자립을 돕는 지원금을 빼돌리는 사기, 인터넷에서의 마녀사냥까지 코로나바이러스 자체가 아니라 코로나라는 전염병이 가져온 새로운 사회로 인해 발생한 문제들이 등장인물들의 삶을 통째로 흔들고 또 그들을 범죄로 몰아간다.

여기에 얼핏 코로나와는 관련이 없어 보이는 우크라이나 전쟁과 대리모 문제, 최근 일본을 뒤흔든 인권 문제까지도 언급하고 있다. 그러면서도 끝내 이들은 화해하고 서로에게 인연이 되어주고 곁을 지키며 앞으로 나아가려 한다. 우리가 코로나에 적응하고 다시 사회를 돌리며 사람과 마주해 웃었던 것처럼, 이 작품도 알 수 없는 공포에서 시작하지만 최악의 시간을 견뎌내고 죽음의 여정에서 조금씩, 아주 사소한 희망의 불씨를 찾아 돌아온다.

무섭지만 경쾌하고, 충격적이지만 상식적인, 지금 필요한 이야기를 자아낸 압도적 재능을 만났다는 생각에 책을 덮고 한참을 멍하니 있었다. 이 책의 마지막 이야기 〈잔물결 드라이브〉처럼 내 안에 일어난 잔잔한 물결이 거대한 감동의 파도로 커지더니 지난 몇 년간 쌓여 있던 감정의 앙금을 씻어낸다.

BL 장르에서 일가를 이루고 일반 소설로 항로를 바꾸자마자 나오키상 후보에 올랐을 만큼 일찌감치 재능을 인정받은 바 있는 작가. 세 번째 도전에 끝내 나오키상을 거머쥔 이유는 충분하고 넘친다. 〈아사히신문〉과의 인터뷰(2024년 2월 9일)에서 작가는 "소설을 쓰며 십 년 뒤, 수십 년 뒤에 남을 거란 생각은 거의 안 해요. 지금의 사회를 사는 지금의 내가, 우연히 나와 함께 지금을 사는 누군가를 위해 써요"라고 말했다.

지금을 사는 작가와 우연히 지금을 함께 사는 사람으로 그의 작품을 읽게 되어 정말 다행이다. 앞으로도 작가의 지금을 함께 읽는 독자가 기꺼이 되겠다고 자신한다.

창궐

1판 1쇄 인쇄 2025년 12월 24일
1판 1쇄 발행 2026년 1월 15일

지은이 이치호 미치 **옮긴이** 민경욱
펴낸이 박강휘
편집 박규민 박정선 **디자인** 지은혜
마케팅 박유진 이수빈

발행처 김영사
주소 경기도 파주시 문발로 197(문발동) 우편번호 10881
등록 1979년 5월 17일(제406-2003-036호)
주문 및 문의 전화 031)955-3100 **팩스** 031)955-3111
편집부 전화 02)3668-3290 **팩스** 02)745-4827 **전자우편** literature@gimmyoung.com
비채 블로그 http://blog.naver.com/viche_books
인스타그램 @drviche @viche_editors **X(트위터)** @vichebook
ISBN 979-11-7332-460-4 03830 책값은 뒤표지에 있습니다.

비채는 김영사의 문학 브랜드입니다.